Lois Lowry · Anastasia und Dr. Freud

Für das Kind aus Nebraska, das mir schrieb,
daß Sam einen Freund
und die Krupniks Haustiere haben sollten.

Lois Lowry

Anastasia und Dr. Freud

Aus dem amerikanischen Englisch
übersetzt von Anne Braun

Loewe

Der Umwelt zuliebe ist dieses Buch auf chlorfrei gebleichtem Papier gedruckt.

ISBN 3-7855-3008-0 – 2. Auflage 2000

Reprinted by special arrangement with
Houghton Mifflin Company
Titel der Originalausgabe: Anastasia, ask your analyst
Aus dem amerikanischen Englisch übersetzt von Anne Braun

Umschlagillustration: Silke Brix-Henker
Gesamtherstellung: Wiener Verlag, Himberg
Printed in Austria

Eins

„Mama", rief Anastasia aufgeregt, als sie aus der Schule kam und mit Riesensätzen die Treppe zur Hintertür hinaufsprang, die in die Küche führte. „Rate mal, was ich von Meredith Halberg bekommen habe! Etwas, das ich mir seit Jahren wünsche! Und es hat mich keinen Cent gekostet!"

Frau Krupnik stellte die Auflaufform in den Ofen, schloß die Ofentür und drehte am Temperaturregler. Erst dann wandte sie den Kopf. „Laß mich raten", sagte sie. „Windpocken?"

Anastasia verzog das Gesicht. Wie schrecklich, eine Mutter zu haben, die ständig Witze machte. „Ha ha, sehr witzig", knurrte sie. „Ich habe gesagt, es ist etwas, das ich mir seit Jahren wünsche. Außerdem hatte ich Windpocken schon."

„Stimmt", mußte ihre Mutter ihr recht geben. „Aber mir fällt nichts anderes ein, das kostenlos wäre."

Anastasia platzte beinahe vor Aufregung. „Du kommst nie im Leben drauf! Warte, ich zeige sie dir. Sie stehen draußen auf der Veranda. Wahrscheinlich ist es ihnen dort zu kalt. Ich hole sie herein."

„Moment mal", sagte Frau Krupnik mißtrauisch. „Was soll das bedeuten: ‚Wahrscheinlich ist es ihnen dort zu kalt'? Du willst doch nicht etwa behaupten, daß es sich um etwas Lebendiges handelt, oder?"

Aber Anastasia war bereits nach draußen gestürmt und hatte die Tür hinter sich zugeschlagen. Schon eine Sekunde später war sie wieder zurück, ein Holzkistchen mit vergittertem Deckel unter den Arm geklemmt. Aus dem Inneren ertönte ein merkwürdiges Rascheln.

Ihre Mutter wich vorsichtshalber ein paar Schritte zurück und rettete sich hinter den Küchentisch.

„Nein! Etwas Lebendiges! Anastasia, nein, dreimal NEIN! Ich habe dir schon tausendmal erklärt, daß ich keine Haustiere dulde ..."

Diesen Einwurf überhörte Anastasia geflissentlich. Manchmal konnte ihre Mutter einem schrecklich auf die Nerven gehen. Sie schob den Riegel zurück und hob das Gitter hoch.

„Darf ich vorstellen: meine Rennmäuse!" verkündete sie voller Stolz.

Ihre Mutter wich vor Abscheu noch weiter zurück und stand jetzt mit dem Rücken am Kühlschrank. Sie schnappte sich einen Holzlöffel und hielt ihn wie eine Waffe vor sich.

„BRING DIESE VIECHER AUGENBLICKLICH AUS MEINER KÜCHE!" rief sie voller Entsetzen.

„Aber Mami, schau nur, wie süß sie sind ..."

„HINAUS DAMIT, HABE ICH GESAGT!"

Enttäuscht schloß Anastasia den Käfig und stellte ihn hinaus in den kleinen Vorraum.

„Mama", sagte sie, als sie wieder in die Küche kam, „du kannst die Augen wieder öffnen. Sie sind draußen."

Ihre Mutter schnappte nach Luft und mußte sich zuerst einmal setzen. „Anastasia, du weißt ganz genau, daß ich Nagetiere nicht ausstehen kann!"

„Mamilein, sie sind doch so süß mit ihrem weichen Fell ..."

„Mäuse ...!" Ihre Mutter erschauerte.

„Klar, was sonst? Aber, Mama ..."

Frau Krupnik legte den Holzlöffel auf den Küchentisch und holte tief Luft. „Wenn ich ein Nagetier sehe, werde ich ohnmächtig, das weißt du“, sagte sie mit Nachdruck. „Ich bin fast umgefallen, als du den Deckel gehoben hast.“

Anastasia seufzte. Niemand weit und breit, den sie kannte, hatte eine so idiotische Mutter wie sie. Kaffee, fiel ihr plötzlich ein. Das einzige, was ihrer Mutter jetzt noch helfen konnte, war ein Kaffee. Sie griff nach der Thermoskanne und goß ihrer Mutter eine Tasse ein.

„Wollen wir nicht lieber in aller Ruhe darüber reden?“ schlug sie in versöhnlichem Ton vor und reichte ihrer Mutter die dampfende Tasse. Frau Krupnik nahm einen kräftigen Schluck, erschauerte erneut und runzelte dann die Stirn.

„Nenne mir einen einzigen vernünftigen Grund dafür, warum du diese widerlichen Viecher hierhergeschleppt hast“, sagte sie kämpferisch.

„Oh, es gibt mehr als genügend Gründe. Der erste ist der, daß ich wirklich dringend ein Haustier brauche.“

„Du hast bereits eines. Du hast deinen Goldfisch, Frank, und das seit deinem achten Geburtstag. Ich dachte, du liebst Frank.“

„Klar, tu' ich auch, aber auf die Dauer ist er langweilig. Man kann ihn nicht dressieren, nicht streicheln ...“

„Willst du sie etwa dressieren oder *streicheln*, deine ... wie heißen sie noch mal?“

„Romeo und Julia. Diese Namen sind mir auf dem Nachhauseweg eingefallen.“

„Ich habe nicht nach ihren Vornamen gefragt. Ich wollte nur noch einmal wissen, was für Viecher es sind.“

„Rennmäuse.“

„Gut, wenn du deine Mäuse also dressieren willst,

würde ich vorschlagen, du bringst ihnen bei, auf ihren vier süßen, behaarten Hinterfüßen zu gehen. Und zwar zur Tür hinaus, die Stufen hinunter, über die Straße, um die nächste Ecke und direkt zu Meredith Halberg zurück."

„Mama, das ist lächerlich!"

Ihre Mutter seufzte. „Ich weiß, daß es lächerlich ist. Aber im Ernst, Anastasia, ich habe wirklich eine Nagetier-Phobie."

„Das ist mir aufgefallen. Du bist noch immer etwas blaß um die Nase. Ich mache mir Sorgen um dich, Mamilein. Genau deshalb ist es so wichtig, daß du dich an Romeo und Julia gewöhnst. Nur so kannst du diese gräßliche Phobie überwinden."

Ihre Mutter knurrte unwillig. Aber zumindest brüllte sie nicht mehr. Das war schon ein erstes gutes Zeichen.

„Der zweite Grund", kehrte Anastasia zur ursprünglichen Frage zurück, „ist der, daß ich einen Hausaufsatz über sie schreiben werde. Meine Schule veranstaltet Ende Februar eine Ausstellung über verschiedene Forschungsthemen, und ich bin die einzige in der Klasse, die bis jetzt noch kein Thema vorgelegt hat."

„Ich habe dir doch schon geraten, den Lebenszyklus der Frösche zu beschreiben. Ich habe sogar angeboten, dir beim Entwurf eines großen Posters über den Lebenszyklus der Frösche zu helfen."

„Du meine Güte, Mama, das ist doch Zeugs, das man in der Fünften macht. Alle Welt behandelt den Lebenszyklus der Frösche in der fünften Klasse! Wenn nicht gar schon in der Grundschule! Dieser Typ da in meiner Klasse, Norman Berkowitz – weißt du, wen ich meine? –, der jedenfalls baut einen Computer zusammen. Das ist sein Beitrag zur Forschungsreihe."

„Der Vater von Norman Berkowitz hat letztes Jahr den Nobelpreis für Physik bekommen", gab Frau Krupnik zu bedenken, während sie sich Kaffee nachschenkte.

„Na und?" sagte Anastasia trotzig. „Was hat das damit zu tun? Papa war letztes Jahr auf der Auswahlliste für mehrere Literaturpreise. Die Tochter eines Anwärters auf Literaturpreise kann sich doch nicht mit einem schwachsinnigen Poster über den Lebenszyklus der Frösche an der Forschungsreihe einer weiterführenden Schule beteiligen, verdammt noch mal!"

„Und wofür sollen deine stinkenden Nagetiere gut sein?"

„Sie stinken nicht!" protestierte Anastasia aufgebracht. „Meine beiden Rennmäuse werden sich paaren und ..."

„Sie werden sich was ...???"

„Sich paaren. Dann beobachte ich die Schwangerschaft, mache mir Notizen und verfolge die Entwicklung der Babys. Auf diese Weise erfahre ich alles über ..."

„Diese Nagetiere sollen sich unter meinem Dach paaren? Nur über meine Leiche!"

Auweia! Anastasia spürte, daß sie an Boden verlor. Höchste Zeit, Grund drei ins Feld zu führen.

„Mamilein", sagte sie, so ruhig wie möglich, „du reagierst unvernünftig und irrational. Hör dir doch erst meinen dritten Grund an. Und denk auch ein bißchen an Sam."

„Genau an ihn denke ich ja", sagte Frau Krupnik energisch. „Es steht völlig außer Diskussion, daß ein unschuldiges dreijähriges Kind mit diesen widerlichen, verfilzten Viechern spielt."

„Mama, Rennmäuse sind sehr sauber. Reg dich wieder ab. Du selbst sagst doch immer, daß die sexuelle Erziehung im Elternhaus beginnen sollte."

Ihre Mutter schnappte nach Luft. Kein gutes Zeichen! Sie nahm einen weiteren Schluck Kaffee. „Das stimmt", sagte sie. „Das habe ich bestimmt schon gesagt. Aber was hat das mit diesen Viechern zu tun?"

„Mit meinen Rennmäusen? Gewöhne dich bitte daran, sie bei ihrem richtigen Namen zu nennen!"

„Na schön, dann eben mit diesen Mäusen. Was haben diese Mäuse mit Sexualerziehung zu tun? Und vor allem, was haben sie mit Sam zu tun?"

„Das wäre eine einmalige Chance für Sam, eine sachgerechte Sexualerziehung zu erhalten, direkt hier bei uns. Er könnte sehen, wie die kleinen Mäuse auf die Welt kommen. Sam hat doch noch keine Ahnung von Sexualität."

„Anastasia", sagte ihre Mutter mit einem Stoßseufzer. „Sam interessiert sich noch kein bißchen für Sexualität. Er ist doch erst drei Jahre alt."

„Aber er ist superintelligent, Mama. Du weißt genau, daß er sich für alles interessiert. Er fängt schon an zu lesen, kennt alle Buchstaben und Zahlen und ..."

„Mit Sexualität hat das rein gar nichts zu tun!"

„Ich verwette meinen Kopf, daß Sam sich sogar sehr für Sexualität interessiert."

„Gut, ich wette dagegen."

Anastasia überlegte kurz. Wenn sie jetzt den richtigen Schachzug machte, war die Sache so gut wie gelaufen. Aber einfach würde es nicht werden.

„Wo ist Sam?" fragte sie.

„Er spielt im Wohnzimmer."

„Ich mache dir einen Vorschlag", sagte Anastasia vorsichtig. „Fragen wir ihn einfach. Fragen wir ihn, ob er sich für Sexualität interessiert. Wenn ja, darf ich Romeo und Julia behalten, okay?"

„Kommt nicht in Frage. Das Ganze ist absolut ungerecht, denn sobald er die Mäuse sieht, wird er sich für sie interessieren."

„Ich werde sie ihm nicht zeigen. Ich werde das Wort ‚Rennmaus' nicht erwähnen. Dann kann mir kein Mensch vorwerfen, ich hätte ihn beeinflußt."

Ihre Mutter nahm einen weiteren Schluck und überlegte.

„Einverstanden", sagte sie schließlich, „aber die Spielregeln müssen ganz klar sein. Ich werde Sam herbeirufen und ihm die Frage stellen. Du wirst dabei kein Wort von Mäusen und eventuellem Nachwuchs sagen. Ist das klar?"

Anastasia nickte.

„Versprochen! Wir fragen ihn einfach nur, ob er sich für Sexualität interessiert."

„Die Frage werde *ich* stellen. Du machst den Mund nicht auf."

Anastasia machte augenblicklich den Mund zu und biß sich auf die Lippen.

Ihre Mutter musterte sie prüfend. „So ist es gut", sagte sie zufrieden.

Sie stellte ihre leere Tasse in das Spülbecken, ging zur Küchentür und rief: „Sam? Kannst du mal kurz kommen? Ich möchte dich etwas fragen."

Sams kleine Füßchen tapsten durch den Korridor. Wenig später stand er unter der Küchentür, mit einem breiten Grinsen, seiner viel zu weiten Jeans und den offenen Turnschühchen.

„Hallo, Anastasia!" sagte Sam. „Heute habe ich im Kindergarten mit Würfeln gespielt. Auf jedem Würfel steht ein Buchstabe. Ich kann mit den Würfeln schon meinen Namen schreiben und auch ‚Flugzeug' und ‚Keks' und ..."

Anastasia lächelte ihren Bruder nur erwartungsvoll

an, sagte jedoch kein einziges Wort. Ihre Lippen blieben stumm.

„Sam, mein Süßer“, sagte Frau Krupnik wie beiläufig, „ich wollte dich etwas fragen.“

„Okay“, sagte Sam unbekümmert. „Kann ich einen Keks haben?“

Anastasia nahm ein Rosinenplätzchen aus der Keksdose und reichte es ihm. Ihr Mund blieb hermetisch geschlossen.

„Sam“, erkundigte sich Frau Krupnik vorsichtig, „interessierst du dich für Sexualität?“

Sam hatte sich die Hälfte des Kekses bereits in den Mund gestopft und kaute hingebungsvoll.

„Sam, was ist?“ fragte seine Mutter.

„Ich denke nach“, sagte er. „Ich muß erst nachdenken.“

Nachdem er die Kekshälfte hinuntergeschluckt hatte, fragte er: „Wie schreibt man das?“

Anastasia grinste. Ihr Sieg war nah. Sie wollte schon den Mund öffnen, um „S“ zu sagen, als ihre Mutter sie mit einem mahnenden Blick zur Ordnung rief.

„Anastasia, du hältst die Klappe, sonst ist die ganze Wette im Eimer.“

Dann wandte sie sich wieder an ihren Sohn und sagte: „S-E-X-U-A-L-I-T-Ä-T.“

Sam kaute hingebungsvoll die restliche Hälfte seines Kekses. Dann runzelte er die Stirn. Er dachte angestrengt nach. Man sah es ihm immer an, wenn er angestrengt nachdachte, weil er dabei die Stirn in Falten zog.

„Bin gleich wieder zurück“, sagte er dann und rannte aus der Küche.

Anastasia rührte sich nicht von der Stelle und hielt auch weiterhin brav den Mund geschlossen. Allmählich tat ihr der Kiefer weh.

Dann tauchte Sam wieder auf. „Ja", verkündete er im Brustton der Überzeugung. „Ich interessiere mich sehr für Sexualität." Und hopp! Schon rannte er wieder davon, um im Wohnzimmer weiterzuspielen.

Frau Krupnik war zuerst fassungslos, doch dann verengten sich ihre Augen zu dünnen Strichen. Mißtrauisch blickte sie ihre Tochter an. „Okay", sagte sie schließlich. „Eine Wette ist eine Wette. Du hast gewonnen."

Anastasia entspannte ihre Kiefermuskulatur und ließ ihre Zunge im Mund kreisen, um zu sehen, ob sie überhaupt noch funktionierte. Dann grinste sie. „Danke, Mama", sagte sie mit strahlenden Augen.

„Du hast mich hereingelegt, stimmt's? Wie hast du es angestellt?"

Anastasia nahm einen Keks und pflückte genüßlich die Rosinen heraus, eine nach der anderen, und steckte sie in den Mund. Sie schwieg.

„Warum zum Kuckuck lasse ich mich immer wieder von einer Dreizehnjährigen aufs Glatteis führen? Sag endlich, wie du es angestellt hast!"

Anastasia zuckte mit den Schultern. „Ich habe dich nicht hereingelegt. Es ist nur so, daß ich Sam Scrabble spielen beigebracht habe. Als er aus der Küche rannte, war mir klar, daß er kontrollieren würde, wie viele Punkte das Wort ‚Sexualität' wert ist. X ist einer seiner Lieblingsbuchstaben. Ein einziges X ist allein schon acht Punkte wert." Sie brach ein Stück des Kekses ab, der früher ein Rosinenplätzchen gewesen war, und steckte es in den Mund.

Ihre Mutter beobachtete sie beim Kauen. „Eines Tages, Anastasia", sagte sie langsam und bedächtig, „gebe ich dich zur Adoption frei."

„Aber nur zusammen mit meinen Rennmäusen, okay?"

Wissenschaftliches Forschungsprojekt

Anastasia Krupnik
7. Klasse (Herr Sherman)

Am 13. Oktober habe ich zwei niedliche kleine Rennmäuse erstanden, die jetzt in einem Käfig in meinem Zimmer leben. Sie heißen Romeo und Julia und sind sehr lieb. Sie scheinen sich sehr zu mögen. Da sie als Mann und Frau zusammen im selben Käfig leben, denke ich, daß sie Junge zeugen werden. In meinem Buch über Rennmäuse steht, daß eine Schwangerschaft fünfundzwanzig Tage dauert. Ich glaube, sie haben schon mit der Paarung begonnen, denn sie gehen sehr liebevoll miteinander um. Ich werde also den heutigen Tag als ERSTEN TAG zählen und sie in den nächsten vierundzwanzig Tagen genauestens beobachten. Am FÜNFUNDZWANZIGSTEN TAG müßten dann die Kleinen zur Welt kommen.
Dieses ist der Gegenstand meines wissenschaftlichen Forschungsprojekts.

„Was schreibst du da?" wollte Sam wissen. Er kniete in Anastasias Zimmer auf dem Boden, hatte eine Hand im Käfig und streichelte vorsichtig die Rennmäuse.

„Ich schreibe an meinem wissenschaftlichen Forschungsprojekt für die Schule", erklärte Anastasia. „Es geht um Romeo und Julia."

Sam hob stirnrunzelnd den Kopf. „Ein bißchen gehören die beiden doch auch mir, oder?"

„Klar. Ich habe es nur dir zu verdanken, daß ich sie behalten durfte. Also gehören sie zum Teil auch dir."

„Gut, dann möchte ich gern, daß einer von ihnen Prinz heißt", sagte Sam.

Anastasia verzog das Gesicht. „So heißen doch nur Hunde."

Sam seufzte. „Na ja", sagte er dann, „eigentlich hätte ich ja auch lieber einen Hund gehabt. Mit einem Hund kann man viel besser spielen."

„Du kannst doch auch mit den Mäusen spielen. Rennmäuse sind echt lieb und zutraulich."

„Nö, die da nicht. Schau, sie beißen sich", sagte Sam und deutete anklagend auf den Käfig.

Tatsächlich, die beiden Insassen zankten sich und zeigten dabei ihre winzigen, spitzen Zähnchen.

„Vermutlich ein Ehekrach", erklärte Anastasia ihrem kleinen Bruder. „Wie manchmal bei Mama und Papa. Diese Mäuse sind Mann und Frau, also werden sie sich ab und zu wohl in die Haare geraten."

Sam beäugte die Streithähne mißtrauisch. „Ich finde sie irgendwie häßlich", sagte er. „Und fett."

Seufzend schloß Anastasia ihr Heft. „Hör auf, an ihnen herumzunörgeln, Sam. Sie sind fett, weil sie viel fressen. Aber häßlich sind sie nicht."

„Der da", sagte Sam und zeigte auf eines der beiden Tierchen, „ist echt sehr häßlich. Könnten wir ihn nicht Nicky nennen?"

„Nein", sagte Anastasia entnervt. „Kannst du mir verraten, warum man eine Rennmaus Nicky nennen sollte?"

„Weil sie mich an ein Kind aus dem Kindergarten erinnert, an Nicky. Nicky ist fürchterlich häßlich. Das allerhäßlichste Kind der ganzen Welt. Und dick ist Nicky auch. Nicky ist sehr häßlich und sehr dick, genau wie diese Mäuse. Und außerdem beißt Nicky, genau wie sie."

Anastasia blickte hinunter in den Garten, wo ihr

Vater Laub zusammenfegte. „Sam“, sagte sie betont fröhlich, „warum gehst du nicht ein bißchen hinunter? Vielleicht läßt Papa dich in dem Blätterhaufen herumhüpfen.“

„Kommst du mit? Zu zweit ist es lustiger.“

„Nö“, stöhnte Anastasia. „Ich muß hierbleiben und meine Mäuse beobachten. Für mein Projekt. Mach bitte die Tür hinter dir zu. Ich habe Mami versprochen, daß sie nie auch nur ein einziges Mäusegeräusch aus meinem Zimmer zu hören bekommt.“

Sam deckte den Käfig zu und ging zur Tür. „Mir wäre es lieber gewesen, wenn du für dein Projekt einen Hund genommen hättest“, sagte er wehmütig. „Den hätten wir Prinz nennen können.“

Zwei

Als sie aus der Schule kam, warf Anastasia ihre Bücher auf den Küchentisch und durchstöberte den Kühlschrank nach etwas Eßbarem. Sie entdeckte ein Stück Hähnchen und bestrich es mit Senf. Dann ging sie in ihr Zimmer hinauf.

Verblüfft blieb sie vor der Tür stehen. Beinahe wäre sie über den Staubsauger gestolpert, der quer davor lag und ihr den Weg versperrte. Am Staubsauger klebte ein Zettel.

Anastasia, stand darauf, *es ist dir ja wohl klar, daß ich dein Zimmer nicht mehr saugen kann, derweil sich darin etwas befindet, dessen Anblick mir unerträglich ist. Vergiß nicht, auch in den Ecken zu saugen und unter dem Bett. Wenn du fertig bist, stell den Staubsauger bitte in den Flurschrank zurück. Gruß Mutter.*

Anastasia verzog das Gesicht und ging ins Erdgeschoß, um nach ihrer Mutter zu suchen. Gruß Mutter – welch ein Hohn!

In Jeans und mit einem alten Herrenhemd bekleidet, das über und über mit Farbklecksen bespritzt war, saß Frau Krupnik auf dem Fußboden ihres Ateliers. Sam kauerte neben ihr. Sein Gesicht, seine Kleidung und seine Hände waren in allen Farben des Regenbogens beschmiert. Als seine große Schwester eintrat, schenkte er ihr ein kurzes Lächeln, widmete sich dann jedoch wieder der Blechbüchse, in der er ein grelles Orange zusammenrührte.

Mehrere Haferflocken-Kartons lagen auf Zeitungen im ganzen Zimmer verstreut. Zwei davon waren bereits knallblau angestrichen; die anderen kamen wohl erst noch an die Reihe. Der Typ, dessen Foto von der Vorderseite aller Quäker-Haferflocken-Packungen prangte, lächelte Anastasia väterlich entgegen. Das hatte ihr gerade noch gefehlt: sich von dem blöden Mr. Quäker-Haferflocken angrinsen zu lassen, wo sie doch ohnehin schon vor Wut platzte!

„Ich hasse seinen Anblick“, erklärte Anastasia ungefragt. „Der Typ sieht so unverschämt gesund aus. Man sollte ihm mal seine dämlichen, gezuckerten, mit Farbstoffen und chemischen Zusätzen versauten Haferflocken zu essen geben, dann würde ihm das Grinsen schnell vergehen!“

„Du lieber Himmel, ist dir eine Laus über die Leber gelaufen?“ erkundigte sich ihre Mutter.

„Dreimal darfst du raten“, erwiderte Anastasia schnippisch.

Ihre Mutter nahm einen der großen Kartons in die Hand, betrachtete Mr. Quäker-Haferflocken eine Weile und malte ihm dann einen orangefarbenen Schnurrbart.

„Ich finde ihn nett. Er sieht freundlich aus. Die Quäker sind mir ohnehin sympathisch. Leider stehe ich nicht besonders auf Haferflocken. Es hat zwei Jahre gedauert, bis ich genügend Kartons zusammen hatte.“

„ICH SAGTE, DU DARFST DREIMAL RATEN“, wiederholte Anastasia vorwurfsvoll.

Ihre Mutter konnte ihr Schmunzeln nicht verbergen. „Über dieses Thema brauchen wir uns gar nicht zu unterhalten“, sagte sie. „Du hast mir versprochen, daß ich deine Viecher niemals zu Gesicht bekomme. Stimmt's? Das bedeutet, Herzchen, daß du dein Zimmer in Zukunft allein saubermachen mußt.“

„Wir machen einen Zug!“ krähte Sam fröhlich. „Die blauen sind die Güterwaggons, und jetzt malen wir die orangefarbenen, und die werden ... Mama, was werden sie?“

„Transportwaggons für Tiere“, sagte seine Mutter. „Dann malen wir noch einen grünen Kohlewaggon, eine schwarze Lokomotive mit silbernen Beschlägen und natürlich auch einen roten Dienstwaggon ...“

Sie verstummte. „Hier, Sam“, sagte sie dann und reichte ihm den Karton, den sie in der Hand hatte, „nimm den hier mit dem Schnurrbart, und bemale alles orange.“

Anastasia machte ein saueres Gesicht. „Was gibt es heute abend zu essen?“ erkundigte sie sich mürrisch.

Ihre Mutter pustete gerade auf einen blau angemalten Karton, damit die Farbe schneller trocknete. Sie blickte auf. „Heute abend? Ach herrje, wie spät ist es?“

„Fast fünf. Ich bin länger in der Schule geblieben, weil die doofe Daphne in einen Typen verknallt ist, der in der Footballmannschaft spielt, und deshalb überredete sie mich, ihr Gesellschaft zu leisten und bei dem schwachsinnigen Training zuzuschauen.“

Ihre Mutter wischte sich die Hände an einem Lappen ab.

„Das Abendessen habe ich total vergessen, Anastasia. Ich habe vergessen, etwas aus der Gefriertruhe zu nehmen. Die Sache mit diesem Zug hier hat mich völlig in Anspruch genommen. Zwei volle Jahre lang habe ich diese Kartons gesammelt ... Und heute morgen, als Sam im Kindergarten war, habe ich zufällig die eine Schranktür geöffnet, und da sind mir sämtliche Kartons auf den Kopf gefallen. Da bemerkte ich, daß ich genügend hatte. Und nachdem ich Sam abgeholt hatte, haben wir ... Sam, haben wir heute überhaupt zu Mittag gegessen?“

Sam hatte seine Zungenspitze zwischen die Zähne geklemmt und konzentrierte sich darauf, Mr. Quäker-Haferflocken einen orangefarbenen Punkt auf die Nasenspitze zu malen.

„Mhmm", murmelte er. „Hot Dogs."

Anastasias Mutter legte den Lappen weg und erhob sich.

„Das Abendessen ..." sagte sie geistesabwesend. „Was essen wir heute abend? Mal sehen. Wißt ihr was? Damit die letzte Schachtel leer wurde – weißt du, die, die wir rot bemalen wollen –, habe ich ihren Inhalt in eine Plastiktüte umgefüllt. Vielleicht könnten wir ..."

„MAMA!" brüllte Anastasia empört. „Kommt nicht in Frage, daß ich mich zum Abendessen mit Haferflocken abfüttern lasse! Ich hasse Haferflocken!"

„Ich nicht", meinte Sam fröhlich. „Ich liebe Haferflocken, weil man aus den Kartons einen Zug bauen kann."

Wütend stapfte Anastasia hinaus. „Ich gehe in die Küche", rief sie drohend, „und sehe nach, was der Kühlschrank so bietet. Ich kann nur hoffen, daß etwas Vernünftiges zum Abendessen drin ist. Es gibt da nämlich ein Gesetz, das besagt, daß man seine Familie nicht verhungern lassen darf, Mutter! Ich kenne eine Telefonnummer – du weißt schon, die vom Kinderschutzbund ... Wenn ich da anrufe, kommt sofort ein Sozialarbeiter und kontrolliert, wie ich hier lebe."

Ihre Mutter lächelte. „Wir haben noch Eier", sagte sie. „Ich mache Omeletts. Omeletts mit Käse, Zwiebeln, Paprika – und vielleicht ist auch noch eine Büchse Champignons im Haus. Wenn dein Sozialarbeiter hier ankommt, wird es im ganzen Haus so verführerisch duften, daß er höchstwahrscheinlich fragen wird, ob er zum Abendessen bleiben darf."

„Ketchup", rief Sam. „Tu auch Ketchup rein."

Anastasia schnaubte abfällig. Dieses Schnauben hatte sie lange im stillen Kämmerchen geübt, und es war jetzt genau die Art vornehmen, verärgerten Schnaubens durch die Nase, die besagte, ‚die Sache hier ist mir wirklich zu doof'. Anastasia war davon überzeugt, daß zum Beispiel Königin Elisabeth genau auf diese Art geschnaubt hätte, wenn Prinzessin Diana sie gebeten hätte, die Windeln ihres Sohnes William zu wechseln.

„Mutter", sagte sie, „ich würde gerne unter vier Augen mit dir reden. Am besten gleich, bevor Papa heimkommt. Ich möchte nicht, daß Sam dabei ist. Es geht um ein Frauen-Thema."

Ihre Mutter ließ ihren Pinsel in ein Wasserglas fallen und antwortete: „Sam, mal mit Orange weiter, okay? Du hast genug Zeit, um vor dem Abendessen noch zwei Kartons zu bemalen. Und danach wäschst du dir die Hände, vergiß es nicht!"

Sam nickte feierlich. Seine Zungenspitze ragte noch immer zwischen den Lippen hervor.

Frau Krupnik folgte Anastasia durch den Flur in die Küche.

Anastasia schlurfte. Zum einen, weil sie wütend war, und zum anderen, weil sie die schweren Springerstiefel trug, die sie neuerdings so liebte. Die Füße ihrer Mutter hingegen verursachten keinen Lärm. Frau Krupnik ging nämlich barfuß. Einer ihrer Zehen war blau beschmiert.

Dann saßen sich Anastasia und ihre Mutter am Küchentisch gegenüber und blickten sich an.

„Na, was gibt's?" fragte Frau Krupnik aufmunternd. „Hast du ein Problem?"

„Nö", sagte Anastasia mit finsterer Stimme, „ich nicht. Du hast welche."

„Ich? Eine gesunde, zufriedene, liebenswerte Frau wie ich?“

Anastasias anfängliche Wut legte sich etwas, und eine Welle des Mitgefühls stieg in ihr hoch. Ihre arme Mutter hatte noch gar nicht gemerkt, daß sie Probleme hatte! Ich muß es ihr schonend beibringen, beschloß Anastasia.

„Mama“, sagte sie so behutsam wie möglich, „ich glaube, du kommst in die Wechseljahre.“

Ihre Mutter schwieg betroffen. „Ein Bier“, sagte sie dann. Sie erhob sich und ging an den Kühlschrank. „Ich glaube, ich brauche ein Bier.“

„Typisch“, murmelte Anastasia. „Typische Fluchtreaktion.“

Ein Zischen ertönte, als ihre Mutter die Dose öffnete. Sie nahm einen Schluck und verzog das Gesicht. „Igitt! Ich hasse Bier. Noch mehr aber hasse ich diese Unterhaltung. Ich weiß wirklich nicht, worauf du hinauswillst, Anastasia.“

Anastasia griff nach dem Salzstreuer, ließ etwas Salz auf ihre Handfläche rieseln, tunkte einen Finger hinein und leckte ihn dann ab. Das tat sie immer, wenn sie nachdachte; zumindest immer, wenn sie in der Küche nachdachte. Man mußte seine Hände irgendwie beschäftigen, wenn man über gravierende Probleme nachdachte.

„Mama“, sagte sie schließlich, „du wirst immer komischer.“

Ihre Mutter nahm einen weiteren Schluck Bier und verzog erneut das Gesicht.

„Dürfte ich fragen, was genau du darunter verstehst?“

„Hm, das ist schwer zu erklären“, begann Anastasia verlegen.

„Mag sein, aber versuch es trotzdem.“

„Hm, nun ja, früher fand ich dich echt nett. Ich fand, daß du eine wirklich tolle Mutter warst. Du warst immer gut drauf. Aber in letzter Zeit ..."

„Ja? Was war in letzter Zeit?" Frau Krupnik nahm einen weiteren Schluck. Dieses Mal verzog sie keine Miene.

„Nun, zum Beispiel deine Kleidung. Deine Art, dich anzuziehen. Ständig trägst du Jeans, richtig peinlich! Ich mag schon gar nicht mehr mit dir auf die Straße gehen. Du siehst kein bißchen wie eine normale Mutter aus."

„Aha", sagte ihre Mutter. „Und was sonst noch?"

„Dauernd benimmst du dich total daneben. Denk nur an das Theater wegen der armen, unschuldigen Rennmäuse. Dann deine Notiz heute am Staubsauger. Was, wenn eine Freundin dabeigewesen wäre? Was hätte die denken müssen, wenn sie deinen Zettel gelesen hätte? Wäre mir tödlich peinlich gewesen! Und dann, verflixt noch mal, Mami, da komme ich nichtsahnend von der Schule heim, und du sitzt auf dem Boden inmitten von tausend Haferflocken-Packungen, um einen schwachsinnigen Zug zu bemalen. Was wäre, wenn eine Freundin bei mir gewesen wäre und sie dich so gesehen hätte? Ich mag gar nicht daran denken! Ich müßte mich in Grund und Boden schämen, wenn meine Freundinnen mitbekommen würden, wie kindisch du bist!" Anastasia leckte ein paar Salzkörner von ihrem Finger. Sie fühlte sich absolut mega-down.

„Und all das ist dir erst in letzter Zeit aufgefallen?" fragte ihre Mutter.

„Ja. Nun ja, sagen wir ... in den letzten Wochen."

„Aber ich habe dir doch gesagt, daß ich diese Haferflocken-Packungen schon seit zwei Jahren gesammelt habe. Ich habe damit begonnen, als Sam noch ein

Säugling war. Wie kannst du behaupten, es sei schwachsinnig und lächerlich, leere Kartons zu sammeln, um daraus einen Zug zu basteln?“ Sie überlegte. „Aber du sagtest, bis vor kurzem wäre ich völlig in Ordnung gewesen, oder?“

„Nun ja, die ersten Anzeichen sind mir schon vor längerem aufgefallen“, stammelte Anastasia und starrte auf den Fußboden.

„Und Jeans trage ich auch schon immer. Ich bin Malerin, und deshalb finde ich es sinnvoll, Jeans zu tragen. Soll ich deiner Meinung nach etwa in meinem Tweedkostüm an der Staffelei stehen?“

Anastasia fiel keine passende Antwort ein. Nach einer Weile platzte es in einem trotzigen Flüstern aus ihr heraus.

„Mir wäre es lieber, wenn du keine Malerin wärst. Ich möchte lieber eine ganz normale Mutter.“

„Wie wer zum Beispiel?“

„Hm ..., wie Daphnes Mutter zum Beispiel. Sie trägt immer Kleider und schminkt sich ...“

„Ich vertrage kein Make-up.“

„... und wenn wir nach der Schule zu Daphne gehen, sitzt ihre Mutter meist mit anderen Frauen im Wohnzimmer, und sie trinken Tee oder spielen Bridge. Außerdem unterrichtet sie einmal wöchentlich an der Sonntagsschule.“

„Anastasia, für Daphnes Mutter ist das absolut normal. Sie ist mit einem Pastor verheiratet. Für mich wäre es nicht normal. Normal zu sein bedeutet für jeden etwas anderes. Ist dir das klar?“

Anastasia kickte mit ihrem Stiefel gegen das Tischbein und seufzte. „Aber mir gefällt deine Art nicht, normal zu sein“, sagte sie irritiert.

Ihre Mutter lehnte sich zurück. Sie rieb eine Fußsohle an dem Hosenbein des anderen Beins, nahm einen

Schluck Bier und überlegte. Plötzlich huschte ein Lächeln über ihr Gesicht.

„Anastasia, ich will dir mal sagen, was nicht in Ordnung ist. Denk mal kurz an deine Freundinnen, und antworte mir ehrlich auf meine Fragen, versprochen?"

„Ich bin immer ehrlich."

„Das stimmt. Gut, dann denk an Daphne Bellingham. Ist sie von ihrer Mutter begeistert?"

„Nein", mußte Anastasia zugeben. „Sie findet ihre Mutter restlos verschroben."

„Und Meredith Halberg, wie findet sie ihre Mutter?"

Anastasia sagte knurrend: „Sie kann sie nicht ausstehen, weil sie immer noch ihren dänischen Akzent hat, und das ist ja wirklich mega-peinlich." Anastasia kicherte. „Sie hat ihrer Mutter sogar verboten, den Mund zu öffnen, wenn Freundinnen da sind."

„Gut, wie sieht es bei Sonya aus? Wie war noch mal der Familienname deiner hübschen Freundin Sonya?"

„Isaacson. Na ja, ihre Mutter ... Du weißt ja, wie dick sie ist."

„Übergewichtig? Und das ist Sonya peinlich?"

„Natürlich."

Anastasias Mutter schmunzelte. Sie stellte die noch fast volle Bierdose ab, als brauche sie sie plötzlich nicht mehr. „Schätzchen", rief sie lachend, „jetzt weiß ich, was los ist. Daß es mir nicht gleich eingefallen ist! Du sagtest, das Ganze habe vor ein paar Wochen begonnen?"

„Ja, so ungefähr. Jedenfalls ist es mir da zum ersten Mal aufgefallen."

„Erinnerst du dich, was vor ein paar Wochen war?"

Anastasia zuckte mit den Schultern. „Nichts Besonderes. Ich habe einen Mathe-Test verhauen, war mit Sonya und Meredith bei einem Garagenverkauf, und Papa hat mich angemault, weil ich fünf Dollar für unnützes Zeug ausgegeben habe. Nächsten Samstag ist wieder ein Garagenverkauf, Mama, also sage ich euch besser gleich, daß ich mein mageres Taschengeld erneut für unnützes Zeug auf den Kopf hauen werde."

„Erinnerst du dich nicht mehr daran, daß Papa und ich mit dir in einem chinesischen Restaurant waren?"

„Doch, und? War da etwas im Schweinefleisch süßsauer, das dich verwandelt hat?"

„Nein", antwortete Frau Krupnik lächelnd. „Was war der Anlaß für dieses Essen?"

„Was soll das? Machen wir hier ein Ratespiel? Es war mein Geburtstag. Mein dreizehnter Geburtstag."

„Richtig. Und wie alt sind deine Freundinnen? Wie alt ist Daphne?"

„Dreizehn."

„Sonya?"

„Dreizehn."

„Meredith?"

„Fast dreizehn. Aber was soll das?"

Ihre Mutter erhob sich und holte den Karton mit den Eiern aus dem Kühlschrank. Sie schmunzelte noch immer. „Ich hatte es vergessen. Wie kann man als Mutter etwas derartig Wichtiges vergessen?"

„Was, Mama? Ich hasse es, wenn du so geheimnisvoll tust."

„Es ist etwas, das im Alter von etwa dreizehn Jahren auftritt. Ist mir auch passiert. Mein Fall war allerdings sehr viel gravierender als deiner. Wie konnte ich das nur vergessen? An meinem dreizehnten Geburtstag sind Mutter und Großmutter mit mir nach New York gefahren, und ich bin fast gestorben, so peinlich war mir das Ganze. Meine Mutter trug einen Mantel mit Pelzkragen. Das sah fast so aus, als habe sie sich ein totes Tier umgehängt. Gräßlich! Und Großmutter trug eine Perücke und sprach mit russischem Akzent. Ich versuchte, immer möglichst viel Abstand zu ihnen zu halten, damit ja kein Mensch auf die Idee käme, ich würde die beiden kennen."

„Ich weiß nicht, worauf du hinauswillst. Willst du damit sagen, daß Mütter sich verändern und unmöglich werden, wenn ihre Töchter dreizehn sind?"

„Nein, die Mütter bleiben so, wie sie immer waren. Es sind die Töchter, die sich mit dreizehn verändern, und ihre Mütter kommen ihnen plötzlich unmöglich vor ... ich betone, sie kommen ihnen nur so vor."

„Und das geht allen gleich?"

„Davon bin ich überzeugt. Ich wette, daß sich selbst in Alaska die dreizehnjährigen Eskimomädchen gegenseitig erzählen, wie doof ihre Mütter sind. In China, in Afrika, überall."

„Warum? Warum ist das so?"

Anastasias Mutter schlug die Eier in eine große Schüssel.

„Herrje, das weiß ich auch nicht. Hat vielleicht was mit den Hormonen zu tun. Wenn man körperlich heranreift, spielen die Hormone irgendwie verrückt oder so."

„Wenn das so ist", sagte Anastasia erbost, „dann müßte man uns vorher darüber aufklären. All diese schwachsinnigen Bücher, die man uns zu lesen gibt über die Monatsregel und so ... Das übliche Zeug. Warum verschweigt man uns den Rest? Warum steht in diesen Büchern nicht auch, daß man irgendwann anfängt, seine eigene Mutter doof zu finden?"

„Weißt du was? Ich glaube, es steht drin. Stand in dem einen Buch, das du neulich gelesen hast, nicht auch ein Kapitel, das so ähnlich lautete wie *Emotionale Veränderungen*?"

Anastasia zog eine Schnute. „Schon, aber ich habe es nicht gelesen. Hörte sich langweilig an. Das ganze Buch war stinklangweilig, und dieses Kapitel hörte sich noch langweiliger an als alles andere, abgesehen vielleicht von dem Kapitel mit den *Hygiene-Ratschlägen*. Also habe ich es gar nicht erst gelesen. Und jetzt stellt sich heraus, daß es das wichtigste Kapitel des ganzen Buches war!"

„Oh", sagte ihre Mutter, „es zu lesen hätte dir nicht viel geholfen. Es hätte nichts an deinen Gefühlen geändert. Du würdest mich trotzdem doof finden", sagte sie ungerührt und begann, eine grüne Paprika in Streifen zu schneiden.

Anastasia starrte voller Verzweiflung auf den Fußboden.

„Was kann ich tun?" fragte sie. „Gibt es eine Medizin dagegen?"

„Ja, die Zeit. Die Zeit heilt alles. Wärst du so nett, dich inzwischen um Sam zu kümmern, damit er bis zum Abendessen gewaschen und umgezogen ist?"

Anastasia knallte den Salzstreuer, den sie noch immer umklammert hielt, auf den Tisch und erhob sich.

„Warum", zischte sie wütend, „muß ich mich ständig um diesen Lümmel kümmern, ihm die widerlichen, nassen Windeln wechseln und seine dreckigen Finger waschen? Keine andere Mutter der Welt zwingt ihre Tochter zu solchen Sachen. Nur du! Von allen Müttern der Welt mußte ich ausgerechnet an dich geraten, die einzige, die ..."

Sie verstummte abrupt. Ihre Mutter krümmte sich vor Lachen.

„ICH VERBITTE MIR DEIN LACHEN!" schnaubte

Anastasia. Schweren Schrittes stampfte sie aus der Küche und schleppte sich die Treppe hinauf. Vor ihrer Zimmertür angekommen, blieb sie kurz stehen und verpaßte dem Staubsauger einen heftigen Fußtritt, woraufhin dieser zur Seite kippte. Dann ging sie in ihr Zimmer und knallte die Tür hinter sich zu.

Wissenschaftliches Forschungsprojekt

Anastasia Krupnik
7. Klasse (Herr Sherman)

Am 13. Oktober habe ich zwei niedliche kleine Rennmäuse erstanden, die jetzt in einem Käfig in meinem Zimmer leben. Sie heißen Romeo und Julia und sind sehr lieb. Sie scheinen sich sehr zu mögen. Da sie als Mann und Frau zusammen im selben Käfig leben, denke ich, daß sie Junge zeugen werden. In meinem Buch über Rennmäuse steht, daß die Schwangerschaft fünfundzwanzig Tage dauert. Ich glaube, sie haben schon mit der Paarung begonnen, denn sie gehen sehr liebevoll miteinander um. Ich werde also den heutigen Tag als ERSTEN TAG zählen und sie in den nächsten vierundzwanzig Tagen genauestens beobachten. Am FÜNFUNDZWANZIGSTEN TAG müßten die Kleinen dann zur Welt kommen.
Dieses ist der Gegenstand meines wissenschaftlichen Forschungsprojekts.

Dritter Tag
Meine Rennmäuse haben sich noch nicht groß verändert. Sie liegen meist im Käfig und dösen vor sich hin. Beide sind ziemlich dick, weil sie ständig fressen. Sie ähneln Sonya Isaacsons Mutter, zumindest körperlich.

Stimmungsmäßig ähneln sie eher meiner Mutter. Sie sind meist mies drauf.

••••••••••••••••••••

Seufzend legte Anastasia ihren Stift zur Seite und betrachtete ihre Mäuse. Sie waren nicht so unterhaltsam, wie sie gehofft hatte. Vielleicht wenn Julia ihre Babys bekam, in ... Anastasia zählt nach ... in zweiundzwanzig Tagen, wenn alles normal verlief ...

Sam klopfte und streckte dann seinen Kopf zur Tür herein.

„Du sollst mich vor dem Abendessen noch waschen", sagte er.

Er hatte Farbe im Haar, auf den Kleidern und auch im Gesicht.

Widerwillig packte Anastasia ihn an der Hand und ging mit ihm ins Bad.

„Warum liegt der Staubsauger verkehrt herum im Gang?" fragte Sam ahnungslos.

„Ich habe nicht die geringste Lust, darüber zu sprechen", erklärte Anastasia mit ihrer respekteinflößenden Königin-Elisabeth-Stimme.

Drei

Wirklich außergewöhnlich, die Gabe ihrer Mutter, aus ein paar Resten ein tolles Abendessen zu zaubern, dachte Anastasia beim Essen. Als sie von der Schule gekommen war, war ihr der Kühlschrank, abgesehen von dem Stück kalten Hähnchen, völlig leer vorgekommen. Nichts als Schrott darin. Zwei Dosen Bier, ein Karton mit Eiern und ein paar Plastikschüsseln mit Resten. In den Türfächern befanden sich nur die üblichen Kleinigkeiten, die seit Urzeiten in Kühlschranktüren lagern: Senf, Ketchup, Mayonnaise, Meerrettich und Salatsauce.

Und der untere Behälter, auf dem ‚Gemüsefach' stand, war leer, abgesehen von einem Hefter mit Gedichten. Ihr Vater, der gerade einen neuen Gedichtband zusammenstellte, hatte die gräßliche Angewohnheit, seine Manuskripte im Kühlschrank aufzubewahren – dort, wo bei normalen Menschen Salat liegt. Er hielt das für den sichersten Ort im ganzen Haus, denn selbst wenn ein Feuer ausbräche, würde der Kühlschrank vermutlich verschont und das noch unveröffentlichte Werk unversehrt bleiben.

Früher, als sie noch jünger und naiver gewesen war, hatte Anastasia das für eine tolle Idee gehalten. Damals hatte sie ihre Freundinnen zum Kühlschrank geschleppt, um ihnen voller Stolz das Fach mit den Gedichten ihres Vaters zu zeigen.

„Na und?" hatte sie angesichts der Überraschung ihrer Freundinnen herausfordernd gefragt. „Bewahrt euer Vater seine Manuskripte etwa nicht im Kühlschrank auf?“

Daraufhin pflegten die Freundinnen zu antworten, daß ihr Vater überhaupt keine Gedichte schrieb. Ihr Vater sei Informatiker, Anwalt oder Elektriker. Und wenn sie dann die Kühlschranktür wieder schloß, sagte Anastasia bedauernd: „Schade!“ – genau wie Königin Elisabeth es an ihrer Stelle getan hätte.

Aber seit neuestem war Anastasia diese Sache mit dem Gemüsefach peinlich. Wenn eine Freundin zu Besuch war, betete sie im stillen, daß diese ja keine Lust auf eine Karotte bekommen möge.

Es war also nicht nur Mama, überlegte Anastasia, deren Verhalten ihr peinlich war. Auch ihr Vater tat unmögliche Sachen, von Sam ganz zu schweigen. Sam war eine riesige, unerschöpfliche Quelle von Peinlichkeiten. Sein Hosenboden war fast ständig naß, sein Gesicht schmutzig, und – was das allerpeinlichste überhaupt war! – sein I.Q. lag bei etwa einer Million. Er brachte sich schon allein das Lesen bei, man stelle sich das nur vor! Und dabei war er erst drei. Außerdem tippte er manchmal auf Papas alter Schreibmaschine herum. Wenn das nicht mega-peinlich war!

Eines Tages, kurz nachdem sie letzten Sommer hierher in diesen Vorort gezogen waren und Anastasia allmählich Freundschaften schloß, war Sonya Isaacson zu Besuch gekommen. Die Tür von Vaters Arbeitszimmer war geschlossen, aber das Tippen im Inneren nicht zu überhören gewesen.

„Schreibt dein Vater an einem neuen Gedichtband?“ hatte Sonya Isaacson ehrfürchtig gefragt, denn Anastasia hatte kurz zuvor ein bißchen damit angegeben, daß ihr Vater ein berühmter Dichter sei.

„Bestimmt“, hatte Anastasia geantwortet. Aber sie

wußte, daß das nicht stimmen konnte. Ihr Vater hatte nämlich an diesem Nachmittag ein Seminar an der Harvard-Universität, wo er unterrichtete.

Anastasia hatte alles menschenmögliche getan, um Sonya so schnell wie möglich aus dem Erdgeschoß hinauf in ihr Zimmer zu lotsen. Aber da hatte das Klappern der Schreibmaschinentasten aufgehört, und Sonya war erwartungsvoll stehengeblieben. Da sie ebenfalls eine berühmte Schriftstellerin werden wollte, brannte sie geradezu darauf, Anastasias Vater kennenzulernen, der im Jahr zuvor für den amerikanischen Literaturpreis nominiert worden war.

Als sich die Tür des Arbeitszimmer öffnete, merkte Anastasia, wie Sonya sich aufrichtete. Sie konnte es kaum erwarten, dem berühmten Myron Krupnik die Hand zu schütteln, den die *New York Times Book Review* neulich auf dem Titelblatt als ‚Meister der zeitgenössischen Metaphern' bezeichnet hatte.

Und dann war Sam aus der Tür getapst: barfuß, schmutzig, mit feuchtem Hosenboden – Anastasia hatte inständig gehofft, daß Sonya zumindest dieser letzte Punkt entgehen möge – und einem vollgeschriebenen Blatt in der Hand. Stolz hielt er es ihnen entgegen. „Ich habe eine Geschichte geschrieben", verriet er, ehe er in Richtung Küche davonmarschierte.

Anastasia hatte eine verächtliche Grimasse geschnitten und Sonya in Richtung Treppe gestupst.

„Das ist nur mein doofer kleiner Bruder", hatte sie erklärt. „Er spielt gern mit Papas alter Schreibmaschine und tippt lauter Sternchen."

Aber Sonya hatte sich Sams Blatt genau angesehen. „Es sind keine Sternchen", widersprach sie. „Er hat wirklich etwas geschrieben: flugzeug. himmel. peng. runter. kaputt."

„Ich wette, er hat wieder keine Großbuchstaben gemacht", meinte Anastasia abfällig. „Sam ist echt doof."

Aber den ganzen Weg bis hinauf in den zweiten Stock in Anastasias Turmzimmer hatte Sonya immer wieder kopfschüttelnd und verwundert „DOOF? Das nennst du DOOF?" gesagt.

Und jetzt, in diesem Augenblick, saß Sam am Tisch, wie üblich auf seinen zwei Bänden des Kinder-Lexikons, und bestrich sein Omelett mit Ketchup. Igitt! Anastasia drehte sich fast der Magen um.

Ich brauche Hilfe, dachte Anastasia plötzlich. Mama hat gesagt, daß es mit der Zeit vergeht. Aber an ihrer Situation konnte nicht einmal die Zeit etwas ändern.

„Papa", sagte sie plötzlich und hob den Kopf, „hat Mama dir von unserem Gespräch von vorhin erzählt?"

„Auszugsweise", sagte er. „Scheint ein ganz normaler Fall zu sein. Ich erinnere mich, daß bei mir ähnliche Reaktionen auftraten, als ich in deinem Alter war. Ziemlich aufregend. Und bewegend. Es betrifft nicht nur Mädchen, weißt du."

Typisch, dachte Anastasia zynisch. Typisch für ihre Eltern, daß sie wieder einmal gar nicht begriffen, wie ernst ihre Lage war. Sie begriffen nie etwas!

„Papa", fuhr sie fort, „ich leide an einer schweren psychischen Krise, und alles, was du dazu zu sagen hast, ist, daß es aufregend und bewegend ist."

Sam blickte von seinem Teller auf. Sein Gesicht erhellte sich. „Bewegend? Da kenne ich mich aus."

„Sam", sagte seine Mutter gerührt, „ich glaube nicht, daß du ..."

„O doch", widersprach Sam mit einem überzeugten Nicken. „Heute im Kindergarten haben wir darüber gesprochen. Schaut! Ich werde euch zeigen, was ich Bewegendes kann."

Er kletterte vom Stuhl. Anastasia seufzte gequält auf. Sam hatte Ketchup am Lätzchen. Er hatte Ketchup an den Händen. Sogar ein Ohr war rot beschmiert.

Sam blieb einen Augenblick lang reglos neben seinem Stuhl stehen, dann rannte er plötzlich wie ein Wahnsinniger um den Tisch. Alle Anwesenden hielten vor Schreck die Luft an, als er an der Vitrine mit den antiken Vasen vorbeisauste und sie nur um wenige Zentimeter verfehlte.

Wieder bei seinem Stuhl angelangt, verschnaufte Sam kurz und erklärte dann: „Das war das Bewegende des Laufens. Und schaut mal jetzt!"

Er sprang in die Luft so hoch er konnte. Die Eiswürfel in Dr. Krupniks Glas klirrten vernehmlich, als Sam wieder auf dem Boden aufkam.

„Das war das Bewegende am Springen", verkündete Sam. „Und jetzt noch das!"

Er stellte sich auf ein Bein und hüpfte bis zur Tür. „Das war das Bewegende des Ein-Bein-Hüpfens", erklärte er fröhlich.

Seine Eltern und seine Schwester blickten einander perplex an. Plötzlich flog ein Lächeln über Frau Krupniks Gesicht.

„Sam", sagte sie, „du sprichst von körperlichen *Bewegungen*. Das ist nicht genau dasselbe. Aber jetzt setz dich wieder, und iß deinen Teller leer."

„Gut", sagte Sam gehorsam. Er kletterte wieder auf seinen Stuhl und griff zur Ketchup-Flasche. „Das war das Bewegende des Auf-den-Stuhl-Kletterns", erklärte er. „Ich kann noch vieles andere. Wenn ich das nächste Mal bade, zeige ich das Bewegende des Schwimmens."

Anastasia stützte ihre Ellbogen auf den Tisch und

begrub ihr Gesicht in den Händen. Ich gehöre zu einer Familie von Verrückten, dachte sie. Ob ich das überlebe?

Sie hob den Kopf und straffte ihre Schultern.

„Papa", begann sie in entschlossenem Ton, „und Mama, ich glaube, ich brauche einen Psychiater."

„Einen was?" fragte ihr Vater.

„Wie bitte?" fragte ihre Mutter.

„Einen Psy...Psychoanalytiker, einen Therapeuten, ihr wißt schon ..."

„Ich auch!" brüllte Sam. „Ich brauche auch einen Psy! Schaut mich an, ich bin ein Psy-Junge, von Kopf bis Fuß ein Psy-Junge!"

Vor Lachen rutschte er von seinen beiden Lexikon-Bänden, bis er schließlich unter der Tischplatte verschwand.

„Ich bin psy, psy, psy. Sind wir nicht alle ein bißchen psy?" krähte er aus seinem Versteck. „Das kenne ich aus dem Fernsehen."

Anastasia knallte ihre Serviette auf den Tisch.

„Das war das Bewegende des Verschwindens, hm?" sagte sie sarkastisch in Richtung von Sam, der noch immer unter dem Tisch saß. „Entschuldigt mich bitte! Mir ist der Appetit vergangen."

Ihre Mutter nickte, und Anastasia schnappte sich ihren Teller und ging damit in die Küche.

„Wir unterhalten uns später über dieses Thema, mein Schatz", rief ihr Vater ihr nach. „Wenn Sam im Bett ist."

„Nein", sagte ihr Vater entschieden. „Kommt nicht in Frage."

Anastasia blickte fragend auf ihre Mutter, die bislang geschwiegen hatte. Aber ihre Mutter stand auf der Seite ihres Mannes und schüttelte den Kopf. Verräterin! Früher, in der guten alten Zeit, hatte ihre Mutter oft auf ihrer Seite gestanden. Jetzt aber saß sie nur da und erklärte sich mit ihm solidarisch: das typische Verhalten einer Verräterin.

Sam war bereits im Bett, oben in seinem Zimmer, sämtlicher Ketchup-Spuren entledigt und tief befriedigt vom Beifall seiner Eltern, als er ihnen das Bewegende des Schwimmens in der Badewanne gezeigt hatte. Der Rest der Familie Krupnik saß im Wohnzimmer, wo leise Musik ertönte und das Feuer im Kamin knisterte. Anastasias Eltern nippten an ihrem Kaffee. Solche Szenen hatte Anastasia früher heiß geliebt – früher, als sie noch jünger war und noch nicht an diesen schwerwiegenden Störungen litt. Ein gemütlicher Abend im Schein des Kaminfeuers, dessen Flammen tanzende Schatten über die ledergebundenen Bücher im Regal warfen. Heute hingegen kauerte Anastasia wie ein Häuflein Elend in einer Ecke der Couch und blickte mit großen, traurigen Augen auf ihren Vater und ihre Mutter. Wie hatte sie nur als Tochter solch grausamer, gefühlloser Eltern geboren werden können?

Garantiert war sie adoptiert worden, und ihre leiblichen Eltern lebten irgendwo anders auf der Welt und waren nette, normale Menschen: die Frau trug elegante Kleider und spielte nachmittags Bridge, der Mann verkaufte Versicherungen und bewahrte im Gemüsefach des Kühlschranks nichts anderes als Radieschen und Gurken auf.

Natürlich hatte Anastasia ihre Eltern bereits früher gefragt, wie ihre Geburt verlaufen war. Sie hatten ihr ausführlich geschildert, daß sie anfangs ziemlich abstoßend ausgesehen hatte, aus Leibeskräften gebrüllt und der Hebamme über die Hand gepinkelt hatte. Aber später, hatten sie hinzugefügt, wäre sie sehr hübsch geworden, höchstwahrscheinlich das hübscheste Baby der ganzen Säuglingsstation. Allerdings hatten sie dann zugeben müssen, daß an jenem Tag nur zwei Babys auf der Säuglingsstation zur Welt gekommen waren; das andere war ein Chinesenbaby mit dem Namen Stanley Wong gewesen.

Aber vielleicht hatten sie das alles nur erfunden. Mit einem Mal fiel es Anastasia wie Schuppen von den Augen: Natürlich war die ganze Geschichte erstunken und erlogen. Chinesen würden ihr Baby nie im Leben Stanley nennen, das war klar wie Kloßbrühe!

Irgendwo auf dieser Welt lebten eine Bridgespielerin und ein Versicherungsagent, beide nett und verständnisvoll, die es aus ganzem Herzen bereuten, daß sie ihr hübsches kleines Mädchen zwei Fremden anvertraut hatten.

Anastasia seufzte, und ihr Tagtraum verflüchtigte sich. Schließlich hatte sie ein dringliches Problem zu lösen.

„Und warum nicht?" fragte sie aggressiv.

„Aus rein praktischen Gründen", sagte ihr Vater in seinem rein praktischen Tonfall. „Das können wir uns nicht leisten. Eine Therapie ist sehr teuer."

„Papa", sagte Anastasia und versuchte angestrengt, soviel Bewunderung in ihrer Stimme mitklingen zu lassen wie nur möglich, obwohl ihr angeblicher Vater ein schrecklich unsensibler Kerl war. „Du bist ein sehr bekannter Dichter. Du bist für den amerikanischen Literaturpreis nominiert worden, stimmt's? Schriftsteller verdienen 'ne Menge, das weiß jedes Kind. Diese Frau in England, die einen Kitschroman nach dem anderen schreibt, ist Milliardärin. Judith Krantz bestimmt auch, und Judy Blume garantiert auch."

„Myron, vielleicht solltest du unter Pseudonym

schreiben und dich Judith nennen", schlug Frau Krupnik vor. Dabei lächelte sie ihrem Mann augenzwinkernd zu.

Anastasia erstarrte. Ihre Eltern waren einfach unmöglich. Dauernd machten sie solche Sachen wie Sich-zuzwinkern und Sich-dämlich-angrinsen. Wenn sie wüßten, wie albern sie dabei wirkten!

„Ich bin Dozent an der Universität, Anastasia", sagte Anastasias Vater. „Und in meiner Freizeit schreibe ich Gedichte. Ich habe einen gewissen Erfolg als Autor, das stimmt. Aber das Problem ist, daß sich kaum jemand für Poesie interessiert. Keiner kauft das Zeug, keiner liest es. Alles, was im Bereich Poesie getan wird, ist, daß ab und zu ein Preis verliehen wird. Wenn ich ernsthaft darüber nachdenken würde, verfiele ich in tiefste Depressionen. Und dann wäre *ich* derjenige, der eine Therapie bräuchte."

„Ich erinnere mich, Myron", sagte Anastasias Mutter, „daß du damals, als du um meine Hand angehalten hast, gesagt hast: ‚Katherine, ich werde niemals reich sein.' Und ich habe dir geantwortet, daß ..." Sie zögerte. „Oh, das wäre nun doch etwas zu persönlich."

Jetzt war es an ihm, ihr zuzulächeln und zuzuzwinkern. EIN WAHNSINN!

Anastasia war heilfroh, daß ihre Mutter ihr die Antwort von damals erspart hatte. Es wäre garantiert etwas Kitschiges gewesen. Ihre Eltern sagten sich oft kitschige Dinge. Sie hatten manchmal sogar nichts Besseres zu tun, als sich zu küssen und zu umarmen – und das sogar in Anwesenheit Dritter! Schon der Gedanke daran war Anastasia mehr als peinlich. Sich vor aller Welt zu küssen und zu umarmen! Grausam! Zugegeben, früher hatte sie das nicht gestört, aber heute!

„Wie dem auch sei", fuhr ihr Vater fort, „die Kosten sind nicht das Wesentliche. Natürlich sind sie ausschlaggebend, weil wir einfach kein Geld haben. Aber selbst wenn wir welches hätten, wäre meine Antwort ‚nein', Anastasia."

„Und warum?"

„Weil du keinen Therapeuten brauchst. Nur Menschen, die ernsthafte emotionale Störungen haben, brauchen einen Therapeuten."

„Das ist es ja, was ich euch die ganze Zeit zu erklären versuche: Ich habe ernsthafte emotionale Störungen!"

„Du hast keinerlei Symptome dafür, nicht mal für eine minimale Neurose. Was du hast, sind absolut normale Reaktionen, die bei jedem Teenager auftreten. Mit dreizehn wird einem plötzlich klar, daß auch die eigenen Eltern normale Menschen sind. Und das führt meist zu einem Schock."

Dr. Krupnik griff seelenruhig nach der Abendzeitung.

„Normale Menschen? NORMAL? Daß ich nicht lache!" Von einem Häuflein Elend, das eben noch mitleiderregend auf der Couch kauerte, verwandelte sich Anastasia in eine wütende Furie. „Du findest es normal, mein Leiden zu ignorieren? Woher zum Kuckuck willst du wissen, daß ich keine Symptome für eine Nekrose habe?"

Ihr Vater grinste überlegen. „Neurose", verbesserte er sie. „Nekrose bedeutet ‚Gewebstod'. Kommt aus dem Griechischen."

„Schon gut, schon gut. Ich mag zwar ein bißchen doof sein, kann kein Griechisch und bin auch noch lange nicht tot, einverstanden. Aber nenne mir einfach ein paar Symptome einer Neurose. Ich wette mit dir, ich habe sie alle."

Dr. Krupnik legte seine Zeitung weg und strich sich nachdenklich über den Bart. Er streckte seine langen Beine, die in einer Cordsamthose steckten, in Richtung des Kaminfeuers aus.

„Na schön", sagte er. „Ich bin kein Experte. Ich unterrichte englische Literatur, nicht Psychologie. Trotzdem ein Beispiel: manche Neurotiker haben völlig irrationale Ängste. Einige geraten in Panik, wenn sie unter Menschen sind, andere ertragen keine großen, leeren Plätze, und dann gibt es noch die klassische Klaustrophobie, unter der Menschen leiden, die beim besten Willen keinen Aufzug betreten können. Oder ..."

„Das hast du ganz bestimmt nicht, Anastasia", warf ihre Mutter ein. „Erinnerst du dich, wie ich dich damals im Jordan-Marsh-Center verloren hatte, als du sechs warst? Du wurdest schließlich im Aufzug entdeckt. Und hattest einen Heidenspaß, ständig hinauf und hinunter zu fahren. Du bist nicht einmal auf die Idee gekommen, mir zu folgen, als ich im vierten Stock ausgestiegen bin, weil es dir im Aufzug so gut gefallen hat."

„Ja, ich erinnere mich", sagte Anastasia düster. „War echt lustig. Aber du hast dich damals ganz schön aufgeregt."

„Meiner Meinung nach hast du keinerlei neurotische Ängste, Anastasia", fuhr ihr Vater wieder mit dem ursprünglichen Thema fort.

„Ich sterbe vor Angst, wenn ich diesen alten französischen Film anschaue: Die Teuflischen", rief Anastasia empört. Dann überlegte sie kurz. „Aber ich glaube, das zählt nicht. Jeder stirbt vor Angst, wenn er sich diesen Film anschaut."

„Sogar ich", erklärte ihr Vater. „Und weißt du was? Nächsten Samstagabend wird er im Zweiten wiederholt, allerdings sehr spät. Sollen wir ihn uns zusammen ansehen?"

Anastasia erschauerte.

„Nein. Welche weiteren neurotischen Symptome gibt es?"

„Schlafstörungen?"

„Nö."

„Appetitlosigkeit?"

Anastasia schüttelte den Kopf. „Nein. Ich habe zwar heute abend behauptet, mir sei der Appetit vergangen, aber das war nur wegen Sam. Aber dann habe ich meinen Teller mit in die Küche genommen und dort zu Ende gegessen."

„Konzentrationsschwierigkeiten? Das ist auch ein Symptom."

Anastasias Gesicht hellte sich auf.

„Ha, das kommt vielleicht in Frage. Ich habe schreckliche Schwierigkeiten, mich im Matheunterricht zu konzentrieren."

„Das zählt nicht", erklärte ihr Vater. „Ich meine ernsthafte Probleme, sich überhaupt auf etwas konzentrieren zu können. Das wäre zum Beispiel der Fall, wenn du nicht in der Lage wärst, unserem Gespräch hier zu folgen."

Frau Krupnik gähnte. „Also ich habe ernsthafte Probleme, eurem Gespräch zu folgen. Ich bin schrecklich müde. In spätestens fünf Minuten gehe ich schlafen."

„Sexuelle Probleme", fuhr Dr. Krupnik fort. „Hast du sexuelle Probleme, Anastasia?"

„Papa! Du wirst ordinär!"

Er schmunzelte. „Gut, fahren wir fort ... Einbildungen. Bildest du dir manchmal ein, jemand anderer zu sein, wie zum Beispiel ... die englische Königin?"

Anastasias Gesicht hellte sich erneut auf. Sie setzte

ihre Königin-Elisabeth-Miene auf, zog die Augenbrauen hoch und kniff den Mund zusammen, bis ihre Lippen nicht mehr zu sehen waren.

„Wenn ich an die Lebensbedingungen denke, unter denen man in diesem ärmlichen Haushalt lebt, fühle ich mich äußerst betroffen", hauchte sie vornehm und blickte ihren Vater von oben herab an.

Ihre Mutter gähnte erneut.

„Geht mir manchmal auch so", sagte sie trocken. „Heute abend hat wieder kein Mensch daran gedacht, Geschirr zu spülen. Steht alles noch in der Spüle. Du wärst an der Reihe gewesen, Myron; heute ist Donnerstag."

Der Angesprochene schnitt eine Grimasse. „Mache ich morgen früh", versprach er. „Anastasia, zurück zu den Symptomen. Befürchtest du manchmal, jemand wolle dich vergiften?"

„O ja!" rief Anastasia. „Das trifft hundertprozentig zu. Daran leide ich mit Sicherheit. Es ist mir spätestens klargeworden, als Mama auf die grandiose Idee kam, uns heute abend eventuell Haferflocken vorzusetzen."

„Unsinn, Schätzchen. Haferflocken zum Abendessen, das ist inakzeptabel, da bin ich völlig deiner Meinung. Aber du hast doch nicht etwa allen Ernstes vermutet, deine Mutter würde ein paar Glassplitter hineinschmuggeln oder so?"

„Nein", mußte Anastasia wohl oder übel zugeben.

„Gut, dann noch ein letztes Symptom: Kommt es vor, daß du Stimmen hörst?"

„Natürlich. Jetzt gerade höre ich zum Beispiel deine."

„Nein, ich spreche von Phantomstimmen, in deinem Kopf. Stimmen, die nicht wirklich da sind, die du aber trotzdem hörst."

Das war ein interessanter Gedanke. Anastasia hatte noch nie welche gehört. Aber vielleicht hatte sie einfach nicht richtig hingehört.

„Psst", flüsterte sie, „laß mich mal kurz lauschen."

Frau Krupnik gähnte herzhaft, obschon so leise wie möglich. Alle drei Anwesenden saßen mäuschenstill da, den Kopf zur Seite geneigt, und lauschten angestrengt.

„Myron", murmelte Frau Krupnik müde, „ich glaube, ich höre eine Stimme!"

„Ich auch, Papa!" rief Anastasia begeistert. „Ich habe wirklich etwas gehört. Aber ich habe nicht verstanden, was die Stimme sagte. Sie kam aus weiter Ferne."

Ihr Vater erhob sich und legte einen Finger an die Lippen.

„Psst", flüsterte er. „Hört mal! Was könnte das sein?"

Die ferne Stimme verstummte, aber dafür hörten sie plötzlich Schritte im ersten Stock. Tapsige Schritte.

„Das ist Sam", sagte Frau Krupnik. „Aber was will er um diese Zeit?"

Die Schritte näherten sich der Treppe. Nunmehr war die Stimme besser zu verstehen.

„Ich habe mich übergeben!" krähte Sam fröhlich. „Mein ganzes Bett ist voll."

„Würg", stöhnte Anastasia.

„Fast nur Ketchup!" verkündete die Stimme aus dem Treppenhaus.

Frau Krupnik gähnte genüßlich und machte es sich in ihrem Sessel bequem.

„Ich glaube, ich werde noch ein bißchen lesen", verkündete sie ungerührt und griff nach einer Zeitschrift. „Myron, heute ist Donnerstag, erinnerst du dich?"

Dr. Krupnik seufzte. „Ich weiß. Donnerstags bin ich für den Haushalt zuständig. Ich gehe schon."

Und schon erhob er sich pflichtschuldigst. Aber zuerst ging er noch ans Regal und reichte Anastasia ein Buch. „Lies Freud, falls du dich für Psychoanalyse interessierst."

Nachdem ihr Vater das Wohnzimmer verlassen hatte, um sich um Sam zu kümmern, wandte sich Anastasia an ihre Mutter, die in ihre Zeitschrift vertieft war.

„Papa hat einen wichtigen Punkt vergessen", sagte Anastasia.

„Und der wäre?"

„Erinnerst du dich an den Film, den wir vor längerer Zeit mal im Fernsehen gesehen haben? Er hieß Sybil, und Sally Field spielte ein junges Mädchen, das jede Menge verschiedener Persönlichkeiten in sich vereinte."

„Klar, ich weiß noch", antwortete ihre Mutter. „Joanne Woodward spielte die Therapeutin. War ein interessanter Film. Aber ich frage mich, warum ich dich diesen Film anschauen ließ. Du warst damals noch viel zu jung dafür. Ich glaube, du warst erst acht oder so."

„Ich war NICHT zu jung", widersprach Anastasia. „Ich fand den Film voll gut. Ich erinnere mich noch an jede Einzelheit. Aber gerade eben wurde mir klar, daß es mir wie Sally Field geht ... Ich meine, wie dieser Sybil."

Ihre Mutter verdrehte die Augen.

„Anastasia, du bist NICHT psychotisch!"

„O doch, in mir brodeln die unterschiedlichsten Persönlichkeiten. Achte bitte genau auf meine Wortwahl, Mama: sie brodeln im wahrsten Sinne des Wortes!"

Abrupt knallte Anastasias Mutter ihre Zeitschrift zu und warf sie unwirsch auf den Beistelltisch.

„Anastasia, hör mir mal zu! Deine Persönlichkeit setzt sich aus mehreren unterschiedlichen Teilpersönlichkeiten zusammen. Das geht allen Leuten so. Aber wenn man ganz genau hinsieht, erkennt man, daß du ein ganz normales junges Mädchen von dreizehn Jahren bist, sehr nett und sehr intelligent, das einfach die üblichen Schwierigkeiten mit dem Erwachsenwerden hat. Pubertät nennt man das. Hast du verstanden? Ich sagte NOR-MAL!"

Anastasia beäugte sie skeptisch.

„Und ein Teil von dir", fuhr ihre Mutter fort, „ist eben bockig. Ehrlich, in letzter Zeit kannst du einem ganz schön auf die Nerven gehen. Ich bin müde, und ich wünsche mir, daß du ebenfalls demnächst zu Bett gehst, weil du morgen nämlich zur Schule mußt."

Anastasia blickte sie nur weiterhin an. Sie sagte kein Wort. Augen aus Stahl, dachte sie. Ich betrachte meine Mutter mit Augen aus Stahl.

„Du willst, daß ich Joanne Woodward spiele, ist es das?" fragte ihre Mutter. Sie stand kurz vor einer Explosion, das spürte Anastasia ganz deutlich. Der stählerne Blick hatte seine Wirkung nicht verfehlt. Sally Field hatte denselben Blick aus Stahl gehabt, als sie Sybil gespielt hatte.

Ihre Mutter fuhr fort: „Du willst wohl, daß ich lauter kluge, beruhigende, schöne Sachen sage? Ist es das? Genau wie Joanne Woodward?"

„Ja", sagte Anastasia mit stählerner Würde. „Das wäre doch nicht zuviel verlangt, oder?"

„Gut, dann will ich dir mal etwas verraten. Joanne Woodward hatte ein Drehbuch! Jemand hatte ihr die Dialoge geschrieben. Und das ist das verdammte Problem, vor dem alle Mütter der Welt stehen: Sie haben kein Drehbuch zur Hand! Und jetzt geh endlich ins Bett!“

Anastasia erhob sich mit all der ihr zur Verfügung stehenden Würde und hob ihre Nase in die Luft, damit sie ihre Mutter unter dem Rand ihrer Brille hindurch anfunkeln konnte.

„Gute Nacht“, sagte sie kühl und nickte ihrer Mutter hoheitsvoll zu, die allmählich ebenfalls einen Blick aus Stahl bekam. Das Freud-Buch unter den Arm geklemmt, verließ Anastasia das Wohnzimmer, um in ihr Zimmer zu gehen.

Im ersten Stock, bevor sie auf die kleine Treppe zuging, die hinauf in ihr Turmzimmer führte, hörte sie Sam in der Badewanne planschen. Die Tür zu seinem Zimmer stand offen, und sie konnte sehen, wie ihr Vater das Bett neu bezog. Als sie die Ketchup-Flecken erblickte, verdrehte sie angewidert die Augen.

In was für einer ärmlichen Familie sie doch lebte! Mit solch niederen Arbeiten hätte Königin Elisabeth garantiert ihr Personal betraut.

Anastasia schnürte ihre Stiefel auf, ließ sie auf den Boden fallen und sank auf ihr Bett. Dann starrte sie erschöpft auf das Glas ihres Goldfisches Frank, der seelenruhig seine Runden zog. Frank schien nie unter emotionalen Störungen zu leiden. Natürlich hatte Anastasia ihm auch nie verheimlicht, daß er in frühester Jugend von ihr adoptiert worden war.

Ihr Blick fiel auf den Käfig der Rennmäuse. Die beiden Bewohner waren damit beschäftigt, eifrig durch ihre Behausung zu flitzen und kleine Nester zu bauen. Mäusen zuzusehen war wirklich eine tödlich langweilige Sache, fand Anastasia.

Lustlos überflog sie ein paar Zeilen des Buches, das ihr Vater ihr in die Hand gedrückt hatte. Dann raffte sie sich auf, holte ihr Heft mit den wissenschaftlichen Aufzeichnungen, fand endlich ihren Füller und begann zu schreiben.

Wissenschaftliches Forschungsprojekt

Anastasia Krupnik
7. Klasse (Herr Sherman)

Am 13. Oktober habe ich zwei niedliche kleine Rennmäuse erstanden, die jetzt in einem Käfig in meinem Zimmer leben. Sie heißen Romeo und Julia und sind sehr lieb. Sie scheinen sich sehr zu mögen. Da sie als Mann und Frau zusammen im selben Käfig leben, denke ich, daß sie Junge zeugen werden. In meinem Buch über Rennmäuse steht, daß die Schwangerschaft fünfundzwanzig Tage dauert. Ich glaube, sie haben schon mit der Paarung begonnen, denn sie gehen sehr liebevoll miteinander um. Ich werde also den heutigen Tag als ERSTEN TAG zählen und sie in den nächsten vierundzwanzig Tagen genauestens beobachten. Am FÜNFUNDZWANZIGSTEN TAG müßten dann die Kleinen zur Welt kommen.
Dieses ist der Gegenstand meines wissenschaftlichen Forschungsprojekts.

Dritter Tag

Meine Rennmäuse haben sich noch nicht groß verändert. Sie liegen meist im Käfig und dösen vor sich hin. Beide sind ziemlich dick, weil sie ständig fressen. Sie ähneln Sonya Isaacsons Mutter, zumindest körperlich.
Stimmungsmäßig ähneln sie eher meiner Mutter. Sie sind meist mies drauf.

Dritter Tag (Fortsetzung)
Menschen mit schweren psychischen Störungen fällt es sehr schwer, Rennmäuse zu beobachten. Sie sind nämlich unfähig, sich auf etwas zu konzentrieren. Da ich selbst ebenfalls unter psychischen Störungen leide, stehe ich vor diesem großen Problem.
Im Rahmen meines Forschungsprojekts werde ich auch psychische Störungen zur Sprache bringen. Hier ein Beitrag zu diesem Thema von einem gewissen Herrn Freud:
„Die Trennung innerhalb der Psyche zwischen dem Bewußten und dem Unbewußten stellt die bedeutendste Prämisse der Psychoanalyse dar; und nur sie allein erlaubt es der Psychoanalyse, die pathologischen Prozesse der geistigen Vorgänge zu verstehen, die ebenso allgemeingültig wie wichtig sind, und ihnen einen gebührenden Platz im Gebäude der Wissenschaften zu sichern."

Anastasia las das Geschriebene laut. Sie betrachtete ihre Mäuse. Beide schliefen jetzt in den Nestern, die sie gebaut hatten. Dann betrachtete sie Frank, ihren Goldfisch. Er schwamm seine Runden und klappte dabei ständig sein Maul auf und zu. Man sah ihm an, daß er sich köstlich amüsierte.

„Dir wird das Lachen auch noch vergehen, Frank", sagte Anastasia wütend. „Warte nur, bis du dreizehn bist. Dann bist du auch nicht mehr so verdammt ausgeglichen!"

Vier

„Ist heute Samstag?“ fragte Sam seine Mutter besorgt, während er sein allmorgendliches Müsli in sich hineinstopfte. „Versprichst du mir, daß Samstag ist?“

„Ich verspreche es“, antwortete Frau Krupnik. „Heute ist Samstag. Den ganzen Tag lang.“

„Gut“, sagte Sam und nahm einen weiteren Löffel. „Samstage finde ich toll. Weil ich am Samstag nicht in den Kindergarten muß.“

Anastasia saß auf dem Küchenfußboden und schnürte ihre Stiefel zu. Sie hatte sie von unten bis oben neu schnüren müssen, um überhaupt hineinzukommen, denn sie trug zwei Paar extradicke Socken übereinander. Für Oktober war es dieses Jahr extrem kühl.

„Warum denn das?“ fragte sie ihren Bruder erstaunt. „Ich dachte immer, du gehst gern in den Kindergarten. Du bist doch ganz verrückt nach den Würfeln mit den Buchstaben, oder?“

Sam schüttelte traurig den Kopf. „Nicky nimmt sie mir immer weg und wirft sie nach mir. Ich habe Angst vor Nicky. Nicky boxt mich auch und tritt mich mit den Füßen.“

„Ein toller Freund!“ erklärte Anastasia ungerührt und zog ihre Schnürsenkel straff.

„WAS macht Nicky?“ rief Frau Krupnik überrascht und stellte abrupt ihre Kaffeetasse ab.

„Er tritt nach mir und boxt mich.“

„Myron, hast du das gehört?“ rief Frau Krupnik.

„Myron, leg bitte die Zeitung einen Moment weg. Hast du gehört, was Sam gesagt hat?“

Unwillig ließ Dr. Krupnik die Zeitung sinken.

„Hast du den Artikel über die Möglichkeiten einer Nuklearkatastrophe hier bei uns in Massachusetts gelesen?“ fragte er bestürzt.

„Nein“, sagte Katherine Krupnik kurz angebunden. „Ich habe im Moment hier im Haus genug Probleme. Hast du gehört, was Sam gesagt hat? Ein Kind im Kindergarten soll ihn ständig verhauen.“

„Nicky“, ergänzte Sam. „Nicky boxt mich und tritt mich mit den Füßen und beißt auch. Schaut her!“ Er rollte den Ärmel seines gestreiften Pullis zurück. Auf seinem Arm waren zwei kleine rosa Halbkreise zu sehen, die eindeutig von Kinderzähnen herrührten.

„Myron! Schau bloß!“ rief Frau Krupnik nach einem prüfenden Blick entgeistert.

Dr. Krupnik rückte seine Brille zurecht und schaute ebenfalls genauer hin. „Nur eine oberflächliche Verletzung“, sagte er und griff wieder nach seiner Zeitung.

„Wie heißt dieser Nicky genau? Ich meine, Nicky ... und wie weiter, Sam?“ fragte Frau Krupnik mit entschlossener Stimme und griff bereits nach dem Telefonbuch.

Sam überlegte, runzelte seine Stirn und kaute angestrengt.

„Nicky, dicker, mieser Fiesling Nicky“, erklärte er dann.

Anastasia kicherte. „Mama fragt nach dem Familiennamen, Sam“, sagte sie. „Du heißt zum Beispiel Sam Krupnik. Wie heißt Nicky mit Familiennamen?“

Sam überlegte.

„Coletti“, verkündete er dann. „Nicky Coletti.“

Anastasia erhob sich und machte ein paar Schritte,

um sich zu vergewissern, ob ihre Stiefel gut geschnürt waren.

„Hört sich sehr nach Mafia an“, sagte sie. „Finsterste Unterwelt. Wenn du die Mutter dieses Kerls anrufst, Mama, schickt sie dir bestimmt ein paar Typen ins Haus, die dich grün und blau schlagen.“

Sam grinste.

Frau Krupnik fuhr mit dem Finger die Spalte mit den ‚C‘ entlang.

„Cohen ... Colby ... Coleman ...“

Dr. Krupnik legte erneut die Zeitung beiseite. „Ruf nicht an, Katherine“, sagte er.

„Ist das ein Befehl?“ fragte seine Frau aufgebracht.

„Nein, es war nur ein Vorschlag. Weißt du nicht mehr, was passiert ist, als Anastasia damals mit sieben weinend nach Hause kam, weil ihre Freundin ... Wie hieß das Mädchen noch gleich, Anastasia?“

„Traci“, erwiderte Anastasia mit düsterer Stimme. „Es war Traci Beckwith, die blöde Kuh.“

„Richtig“, sagte ihr Vater. „Traci Beckwith hatte Anastasia auf dem Spielplatz von der Schaukel gestoßen, wenn ich mich recht erinnere.“

„Richtig, genau so war es. Ich hatte massenhaft Kies im Knie.“

„Und damals hast du Frau Beckwith angerufen, Katherine, erinnerst du dich? Du warst außer dir vor Wut!“

„Dazu hatte ich auch allen Grund. Dieses Gör hätte Anastasia umbringen können. Stell dir bloß vor: ein kleines Mädchen von der Schaukel zu stoßen!“

Dr. Krupnik zündete seine Pfeife an. „Und Frau Beckwith hat, wie du dich wahrscheinlich erinnerst, äußerst aggressiv reagiert.“

„Woher zum Kuckuck hätte ich auch wissen sollen, daß diese Frau Anwältin war“, sagte Frau Krupnik.

„Aber selbst wenn ich es gewußt hätte, hätte ich nicht anders gehandelt."

„Und sie kam mit Gegenbeschuldigungen", fuhr Dr. Krupnik fort. „Sie teilte dir mit, daß Anastasia während der Zeichenstunde einfach die Schere genommen und Tracis Zöpfe abgeschnitten hatte."

„Und wennschon?" sagte Anastasia. „Das ist doch nicht schlimm. Sie hatte elendig lange Zöpfe und saß direkt vor mir. Ihre dämlichen Zöpfe hingen die ganze Zeit über meinem Tisch und baumelten sogar in meinen Fingerfarbkasten. Aber daraus mußte man doch nicht gleich eine Staatsaffäre machen!"

„Genau darauf wollte ich zu sprechen kommen", sagte ihr Vater und zog seelenruhig an seiner Pfeife. „Im Handumdrehen brüllten sich zwei Mütter am Telefon an und drohten einander mit gerichtlichen Schritten. Dabei hatten sich Anastasia und Traci längst ausgesöhnt, waren wieder die besten Freundinnen der Welt und fuhren draußen zusammen Rad."

„Ich wüßte nicht, was die Sache von damals mit Sams Fall zu tun hat", sagte Frau Krupnik pikiert, aber zumindest fuhr ihr Finger nicht weiter durch das Telefonbuch. „Woher nimmt dieses schreckliche Kind, dieser Coletti, sich das Recht, ein Stück vom Ärmchen unseres kleinen Sam abzubeißen?"

„Ja", bestätigte Sam mit weinerlicher Stimme. „Ein großes, dickes Stück." Mit tränenumflortem Blick betrachtete er die Bißspuren an seinem Arm.

„Warum hast du Nicky Coletti nicht zurückgebissen, Sam?" fragte Anastasia. „Du brauchst dir doch nicht alles gefallen zu lassen."

Sam riß die Augen auf. „Nicky Coletti ist doch viel größer als ich", sagte er. „Nicky Coletti ist ein Riese."

Die Augen seiner Familienmitglieder wanderten

für einen kurzen Moment zu den winzigen Bißspuren.

„Nun", erklärte Dr. Krupnik, „meiner Meinung nach ist es besser, wenn die Kinder ihre Probleme unter sich regeln."

„Vielleicht ..." sagte Frau Krupnik achselzuckend. „Aber immerhin habe ich die Telefonnummer gefunden: Coletti. Sie wohnen in der Woodville Avenue. Nur für den Fall, daß ich doch noch anrufen muß ..."

In diesem Moment klingelte es.

„O nein!" rief Anastasia entsetzt. „Das sind Sonya und Meredith. Wir wollen zu einem Garagenverkauf in der Bennington Street. Verdammt, sie sind fünf Minuten zu früh dran."

„Na und?" fragte ihre Mutter erstaunt. „Mach die Tür auf, und laß sie herein."

„Mama", rief Anastasia vorwurfsvoll, „du bist doch noch im Morgenmantel!"

Ihre Mutter blickte auf ihren karierten Morgenmantel. „Er ist doch sauber", sagte sie. „Es ist bestimmt nicht das erste Mal, daß deine Freundinnen einen Morgenmantel zu Gesicht bekommen."

„Mama", rief Anastasia gehetzt, „tu mir einen Gefallen, bitte! Versteck dich! Vielleicht im Schrank. Es dauert nur ein paar Minuten. Und Papa?"

Ihr Vater blickte unwillig von seiner Zeitung auf. „Ich bin angekleidet", ließ er sie wissen.

„Versteck deine Pfeife. Sonyas Vater ist Arzt. Ich will nicht, daß sie mitkriegt, daß du rauchst. Und Sam! Rasch! Kämmt ihn schnell, seid so gut! Und putz dir das Gesicht ab, Sam; du hast Müsli am Kinn hängen."

Anastasias Eltern und ihr Bruder blickten sie erstaunt an. Keiner der drei rührte sich von der Stelle. Dr. Krupnik zog seelenruhig an seiner Pfeife. Sam schaufelte einen weiteren Löffel Müsli in sich hinein.

Es klingelte ein zweites Mal.

Angewidert zuckte Anastasia mit den Schultern. Dann griff sie nach ihrer Jacke, die am Türgriff hing.

„Na schön", rief sie wütend. „Blamiert mich ruhig! Das macht mir nichts aus. Ich bitte sie einfach nicht herein!"

Beim Hinausgehen knallte sie die Tür hinter sich ins Schloß.

„Hallo, Leute!" begrüßte sie ihre Freundinnen überschwenglich. „Hab' gar nicht mehr mit euch gerechnet!"

Mit ihren Freundinnen zusammenzusein war sehr viel lustiger als mit ihrer Familie, überlegte Anastasia. Freundinnen benahmen sich nie unmöglich. Die große, dünne, blonde Meredith Halberg war superwitzig; und Sonya Isaacson mit ihren Pausbacken und ihren Sommersprossen war immer fröhlich und eine Büchernärrin.

Und sie hatten Geschmack, was die Kleidung betraf. Sie waren alle drei gleich angezogen: Jeans, Springerstiefel und Daunenweste.

Letzte Woche war ein Mädchen aus ihrer Klasse mit Rock und Rüschenbluse in die Schule gekommen. Die ganze Klasse hatte sie ausgelacht und Witze gerissen, bis das arme Ding schließlich in Tränen ausgebrochen war. Ihre Mutter hatte sie dazu gezwungen, hatte sie dann erklärt, weil sie gleich nach der Schule zum Flughafen fahren würden, um die Großmutter aus Chicago abzuholen.

Zu so etwas Ähnlichem wäre Anastasias Mutter bestimmt auch fähig gewesen. Gott sei Dank hatte Anastasia keine Großmutter in Chicago.

„Wird langsam echt kalt", konstatierte Meredith, während die drei Mädchen die Straße entlangschritten. „Hoffentlich schneit es bald. Wenn es noch vor dem Erntedankfest schneit, fährt meine Familie ein paar Tage zum Skilaufen. Wir wohnen immer in einem Chalet in New Hampshire."

„Ich kann gar nicht Skilaufen", sagte Anastasia. „Und selbst wenn ich es könnte – ich kann mir nicht vorstellen, mit meiner Familie Skilaufen zu gehen. Meine Eltern würden sich wie üblich unmöglich benehmen. Mein Vater würde Gedichte über den fallenden Schnee rezitieren, und meine Mutter ..., nun, meine Mutter ist dermaßen unsportlich, daß sie garantiert alle fünf Minuten eine Bauchlandung hinlegen würde. Und sie würde ständig lachen. Meine Mutter ist Weltmeisterin im Lachen. Echt, das ist manchmal voll peinlich!"

„Meine Mutter lacht auch dauernd", sagte Meredith mit verständnisvollem Kopfnicken. „Aber das schlimmste daran ist, daß sie mit dänischem Akzent lacht. Ich tu' dann immer so, als würde ich sie nicht kennen. Sie oder mein Vater – das kommt auf dasselbe heraus. Meine Schwester und ich haben immer einen Wahnsinnsspaß im Skiurlaub. Nur einmal am Tag sind wir leider gezwungen, unsere Eltern zu sehen, beim Abendessen. Aber dann setzt sich meine Schwester manchmal sogar an einen anderen Tisch."

„Wie alt ist deine Schwester?" fragte Anastasia. „Sie ist doch einiges älter als du, oder?"

„Kirsten? Sie ist siebzehn, warum?"

Anastasia hielt mitten im Gehen abrupt inne. Trotz ihrer dicken Jacke konnte man förmlich sehen, wie ihre Schultern herunterfielen. „Na super!" krächzte sie mit einer Stimme, die genau das Gegenteil ausdrücken wollte. „Ich habe geglaubt, man fände seine Familie nur mit dreizehn unerträglich! Du willst doch nicht etwa behaupten, daß das bis siebzehn dauert?!"

Meredith überlegte. „Ich glaube nicht, daß es dasselbe ist", sagte sie schließlich. „Kirsten nimmt von unseren Eltern kaum noch Notiz. Sie geht beim Skilaufen ihre eigenen Wege, weil sie Jungs kennenlernen will."

„Das ist Stadium Nummer zwei", erklärte Sonya, die aufmerksam zugehört hatte. „Stadium zwei der Pubertät. Wir befinden uns noch in Stadium eins. Hat mir mein Vater erklärt."

„Ärzte und Doktoren!" sagte Anastasia abfällig. „Die glauben, über alles Bescheid zu wissen."

Sonya zuckte mit den Schultern. „Er meint, das hinge alles mit den Hormonen zusammen."

„Hormone, Schmormone!" rief Anastasia aufgebracht. „Hat meine Mutter mir auch verklickert. Aber meiner Meinung nach ist das eine Lüge. Ich glaube, die Erwachsenen haben sich gegen uns verbündet und diese Theorie mit den Hormonen nur erfunden." Sie schnaubte abfällig. „Ich persönlich glaube nicht an Hormone!"

„Als mein Vater das mit den Hormonen erklärte", fuhr Sonya schmunzelnd fort, „sagte mein Bruder, daß er dazu einen Witz kenne. Der Witz begann mit ‚Wie stellt man ein Hormon her?', aber da wurde mein Vater fuchsteufelswild und brüllte: ‚Nicht an meinem Tisch!' Deshalb ist mir leider die Pointe entgangen!"

„Ich finde sowieso nicht, daß Hormone etwas Witziges an sich haben", sagte Meredith. „Mir wird schlecht, wenn ich mir vorstelle, daß solche Minidinger in mir herumsausen. Was glaubt ihr, wie sie aussehen? Wie winzige Insekten oder so?"

„Würg!" krächzte Anastasia.

„Da ist ja die Bennington Street", rief Sonya in diesem Moment. „Und da hängt auch ein Schild, dort an dem Haus – dort muß der Verkauf stattfinden."

Die drei Mädchen bogen um die Straßenecke und

steuerten das imposante Gebäude im Tudorstil an, an dem das Schild hing.

„Wißt ihr was?" sagte Anastasia. „Ich habe meinen Eltern gesagt, daß ich eine Therapie brauche. Sie sind dagegen. Sie behaupten, ich habe keine Probleme. Könnt ihr euch das vorstellen!? Ich und keine Probleme – daß ich nicht lache!"

Sonya und Meredith seufzten mitfühlend und schüttelten die Köpfe über so viel elterliche Ignoranz.

„Neulich habe ich in der Zeitung einen Artikel über ein Mädchen in unserem Alter gelesen", sagte Meredith, „das zur psychiatrischen Untersuchung ins städtische Krankenhaus mußte."

„Wieso das?" wollte Anastasia wissen. „Haben ihre Hormone *tilt* gemacht?"

„Sie hat vierzehn Autos geklaut", erklärte Meredith. „Und dabei hatte sie natürlich noch keinen Führerschein. Sie hat sogar den Wagen ihres eigenen Großvaters geklaut."

Sie waren mittlerweile bei dem Gebäude angelangt und gingen über einen Kiesweg zur Garage, in der der Verkauf stattfinden sollte. Das Tor stand offen, und einige Personen streiften zwischen den ausgestellten Gegenständen herum. Plötzlich prustete Meredith los. „Anastasia", sagte sie, „du kommst zu deinem Therapeuten, ob es deinen Eltern nun paßt oder nicht!"

Sie deutete mit dem Finger auf die Seitentür des Hauses, neben der ein kleines Bronzeschild hing, auf dem geschrieben stand: CALVIN MATTHIAS, DOKTOR DER PSYCHIATRIE, EINGANG NUR FÜR PATIENTEN.

„Oh, das wußte ich schon", erklärte Sonya unbeeindruckt. „Dr. Matthias ist gestorben. Deshalb wird alles verkauft."

„Woran ist er gestorben?" fragte Anastasia.

„Willst du das wirklich wissen?" fragte Sonya vorsichtig. „Eine schlimme Sache, wenn du verstehst, was ich damit sagen will. Es stand nicht in den Zeitungen und so, aber mein Vater hat es mir erzählt."

„Natürlich wollen wir es wissen!" rief Meredith.

„Na schön", sagte Sonya seufzend. „Ein Patient, der schon länger bei Dr. Matthias in Behandlung war, kam zur Therapiestunde, und sie haben sich begrüßt und so, und dann hat sich der Patient auf die Couch gelegt, wie jedesmal, wenn er kam, und Dr. Matthias hat sich in seinen Sessel gesetzt, wie jedesmal, wenn ein Patient da war. Und der Patient hat dann angefangen zu erzählen, und er erzählte und erzählte, eine ganze Stunde lang, bis die übliche Zeit um war. Und Dr. Matthias hat die ganze Zeit über nichts gesagt, aber das war nicht ungewöhnlich, weil er nämlich nie etwas sagte. Und dann ist der Patient aufgestanden, um sich zu verabschieden, und da hat er bemerkt, daß Dr. Matthias tot war. Er muß gleich am Anfang der Therapiestunde gestorben sein."

„Du willst doch nicht etwa sagen", fragte Anastasia, „daß der Typ eine ganze Stunde lang mit einer Leiche gequatscht hat? Schon wenn ich nur daran denke, kommt mir mein Frühstück wieder hoch."

„Zumindest hat der Arzt, der die Leiche untersucht hat, das behauptet", erklärte Sonya sehr sachlich. „Wie es scheint, hat Dr. Matthias einen Herzinfarkt gehabt, gleich nachdem er im Sessel Platz genommen hatte."

„Wie schrecklich", stammelte Anastasia, „das ist ja voll schrecklich!"

„Hat der Patient sein Geld zurückverlangt?" wollte Meredith wissen.

„Keine Ahnung", sagte Sonya. „Das habe ich nicht

gefragt. Aber als Vater uns die Geschichte damals beim Essen erzählt hat, meinte er, daß es eigentlich keinen Unterschied gemacht habe, da Dr. Matthias ohnehin nie etwas sagte, also war es doch auch egal, ob er tot war oder nicht."

„Also *ich* hätte mein Geld zurückverlangt", erklärte Meredith. „Ich habe sogar einmal im Kino mein Geld zurückverlangt, weil in meiner Popcorntüte ein toter Käfer war. Das ist doch eine ähnliche Sache, oder?"

„Als Vater uns diese Geschichte erzählte, hat mein Bruder gesagt, er kenne einen Witz über einen Psychiater. Der Witz fing so an: ‚Herr Doktor, Sie müssen mir helfen! Alles, was ich sehe, erinnert mich an weibliche Brüste.'"

„Und, was hat der Psychiater geantwortet?" fragte Anastasia interessiert.

„Keine Ahnung. Mein Vater hat nämlich gesagt: ‚Nicht an meinem Tisch!'"

„SONYA!" brüllten Anastasia und Meredith im Chor.

„Ich kenne leider nur Anfänge von Witzen", sagte Sonya betrübt, „und keine einzige Pointe ... Aber hört mal", wechselte sie geschickt das Thema und blieb wie angewurzelt auf dem Gartenweg stehen, „schließen wir ein Abkommen. Dieses Mal kaufen wir keinen Ramsch."

„Ich finde Ramsch herrlich", kicherte Meredith los.

„Ich auch", sagte Anastasia. „Aber Sonya hat recht. Letztes Mal habe ich fünf Dollar rausgeworfen, für einen Aschenbecher, der die Form von zwei verschlungenen Händen hat. Und dabei rauche ich gar nicht!"

„Hm", sagte Meredith, „und ich habe einen Duschvorhang gekauft, erinnert ihr euch? Meine Mutter hat mich gezwungen, ihn in den Müll zu werfen, weil er total verschimmelt war. Ein Jammer, er hatte ein mega-cooles Schwanenmuster."

„Ich werde mir nur die Bücher anschauen", sagte Sonya. „Die guten Bücher, keinen Schund."

„Ich glaube, ich sollte mich nach einem Geburtstagsgeschenk für meine Schwester umsehen", seufzte Meredith.

„Raucht sie?" fragte Anastasia interessiert.

„Ja, aber verrate es bloß nicht meinen Eltern."

„Für drei Dollar verkaufe ich dir den Aschenbecher von letzter Woche, weißt du, den, der wie zwei Hände aussieht."

„Zwei Dollar!" begann Meredith zu feilschen. „Ich habe dir meine Rennmäuse ganz umsonst gegeben und auch den Käfig und alles, zum Beispiel das Buch über die Pflege von Rennmäusen."

Anastasia verfiel ins Grübeln.

„Du hast recht", sagte sie dann. „Aber du darfst nicht vergessen, daß deine Mutter dir damit gedroht hat, sie in den Müll zu werfen, wenn du sie nicht endlich los wirst. Deshalb bin ich vielmehr der Meinung, daß ich dir einen Gefallen getan habe, indem ich deinen Mäusen ein neues Heim geboten habe."

„Hm", sagte Meredith. „Werfen wir doch erst mal einen Blick in die Garage. Wenn ich nichts finde, kaufe ich dir den Aschenbecher ab. Und wonach hältst du Ausschau, Anastasia?"

„Ich habe mich noch nicht festgelegt", antwortete Anastasia. „Ich warte lieber, bis mir etwas echt ins Auge fällt. Weißt du, was ich meine?"

Sonya hatte die Garage bereits betreten und betrachtete eingehend das große Regal, das vor Büchern überquoll. Die beiden anderen Mädchen stellten sich zu ihr.

„Hier steht *Die Sturmhöhe* von Emily Jane Brontë",

rief Sonya entzückt aus. „Mein absolutes Lieblingsbuch."

„Hast du es nicht schon?" fragte Meredith, während sie sich über einen Karton mit Angelzubehör beugte.

„Man kann gar nicht genügend Exemplare von *Die Sturmhöhe* haben", erklärte Sonya und griff nach dem verstaubten Exemplar.

„Was meint ihr? Ob Kirsten wohl gerne eine Schachtel Angelhaken zum Geburtstag hätte?" fragte Meredith und hielt ein schimmelig riechendes Schächtelchen hoch.

„Nein", erklärte Anastasia mit Bestimmtheit. „Ich glaube, sie wünscht sich eher einen Aschenbecher, der die Form zweier verschlungener Hände hat."

„Schau mal her, Anastasia!" rief Sonya, die immer noch zwischen den Büchern herumwühlte. Sie zog ein dickes blaues Buch vom Regal. „Das Gesamtwerk von Sigmund Freud! Genau das, was du brauchst!"

„Habe ich gestern abend schon studiert", sagte Anastasia mit wenig Begeisterung. Sie schritt das Bücherregal bis zum Ende ab und kniete sich dann nieder, um eine Kiste voller Küchenutensilien zu untersuchen, die auf dem Boden der Garage stand. Plötzlich hörte sie etwas rutschen; sie hob den Kopf und sah, daß Sonya versuchte, den blauen Band wieder an seinen Platz im vollgepfropften Bücherregal zurückzustellen. Wie Dominosteine begann plötzlich ein Buch nach dem anderen zu kippen. Und direkt über Anastasias Kopf am Ende des Regals kam ein heller, sehr massiv aussehender Gegenstand ins Rutschen, der offensichtlich als Buchstütze aufgestellt worden war. Und ehe Anastasia sich's versah, fiel er auch schon herunter.

Anastasia sprang zwar noch zur Seite, aber leider

nicht rasch genug. Der Gegenstand traf sie an der Stirn und fiel dann krachend zu Boden.

„Aua!" brüllte Anastasia und rieb sich die schmerzende Stelle. Sie spürte eine Riesenbeule wachsen. „Blutet es?"

Sonya untersuchte ihre Stirn. „Nein", sagte sie, „ich glaube, es ist halb so schlimm. Du solltest nur etwas Eis auflegen, wenn du nach Hause kommst. Tut mir schrecklich leid."

Sie betrachteten den Gegenstand, der auf den Boden gefallen war. Es war eine Gipsbüste, der Kopf eines ernst dreinblickenden Mannes mit einem altmodischen Vollbart. Er hatte nur keine Nase. Seine Nase lag neben ihm auf dem Garagenboden.

Das Etikett, das an der Stirn der Büste klebte, besagte, daß sie vier Dollar fünfzig kostete.

„Ach je", seufzte Sonya. „Adieu Sturmhöhe. Ich fürchte, ich habe mir gerade unbeabsichtigt einen Männerkopf ohne Nase geleistet."

Anastasia hob die Nase auf und hielt sie an den ernst dreinblickenden Gipskopf. „Guten Tag", sagte sie. Der Mann betrachtete sie aus leeren Augen.

„Er gefällt mir, Sonya. Weißt du was? Ich glaube, ich kaufe ihn mir, dann bleibt es dir erspart, obwohl du ihn natürlich kaputtgemacht hast. Ich glaube, mit ein paar Tropfen Alleskleber kriege ich seine Nase wieder angeklebt."

„In echt? Gefällt er dir wirklich? Oder sagst du das bloß, weil ich dir leid tue?"

Anastasia klemmte den Kopf des Mannes unter den Arm und ging auf die Frau zu, die in der nächsten Ecke an einer Kasse stand. „Nö", versicherte sie Sonya. „Es ist genau so, wie ich eben zu Meredith gesagt habe. Ich habe auf etwas gewartet, das mir echt ins Auge fällt."

Sie reichte der Frau, die vor einem Kistchen Wechselgeld an einem Tischchen saß, einen Fünfdollarschein und steckte die zwei Fünfundzwanzig-Cent-Münzen Rückgeld in ihre Tasche.

„Mein Fräulein", sagte die Kassiererin, die graue Haare hatte und eine Hornbrille trug, „da haben Sie ein gutes Geschäft gemacht. Sie haben soeben Sigmund Freud persönlich erstanden."

„Mama? Papa?" brüllte Anastasia, als sie durch die Hintertür ins Haus stürmte, ihre Neuerwerbung unter den Arm geklemmt. „Ich brauche ein paar Eiswürfel, weil ich eine Beule am Kopf habe."

„Und wißt ihr was?" fügte sie triumphierend hinzu. „Ich habe einen Therapeuten!"

Eine halbe Stunde später, nach der Eisbehandlung, war Anastasias Beule weitgehend verschwunden und hatte nur einen kleinen rötlichen Bluterguß hinterlassen. Und Freud hatte, dank einer Behandlung mit Sekundenkleber, seine Nase wieder. Voller Stolz trug Anastasia ihn in ihr Zimmer hinauf.

Am Fuß der schmalen Treppe, die in das Turmzimmer hinaufführte, saß Sam. Er machte ein Gesicht wie drei Tage Regenwetter, lutschte am Daumen und hatte seine alte Schmusedecke um den Arm gewickelt. Anastasia wunderte sich. Seit Sam drei Jahre alt war, brauchte er seine alte, verschlissene gelbe Schmusedecke, die in früheren Zeiten sein treuer Begleiter gewesen war, kaum noch. Anastasia spürte, daß etwas passiert sein mußte.

„Hey, alter Junge", rief sie ihm fröhlich zu. „Was ist los?"

Er warf ihr einen ängstlichen Blick zu. „Geh lieber nicht in dein Zimmer", stammelte er.

„Warum nicht? Ich muß meinen Kumpel Freud hinaufbringen."

Sam lutschte angestrengt am Daumen.

Anastasia kniete sich neben ihn. „Du warst in meinem Zimmer?" Es war mehr eine Feststellung als eine Frage.

Sam nickte und wich ihrem Blick aus.

„Hast du etwas angestellt?"

Tränen kullerten über Sams Wangen. Anastasia stellte Freuds Büste auf eine Stufe. „Sag mir, was passiert ist, Sam."

„Ich habe die Mäuse kaputtgemacht", schluchzte Sam.

Anastasia packte ihren Freud und stürmte die Stufen in ihr Zimmer hinauf. Sam folgte ihr, noch immer tränenüberströmt, und versuchte verzweifelt, ihr das Ganze zu erklären.

„Ich habe doch nichts anderes getan, als nur vorsichtig hineinzufassen, um sie zu streicheln, und ich war wirklich nicht grob, ganz vorsichtig, genau wie du es mir gesagt hast. Aber dann waren sie auf einmal kaputt! Im Käfig liegen jetzt Tausende von Mäusestückchen."

Kopfschüttelnd stellte Anastasia ihren Freud vorläufig auf das Bett und ging zum Käfig, der unter dem Fenster stand. Daumenlutschend und verschreckt stand Sam hinter ihr.

In der einen Ecke des Käfigs lag eine Maus friedlich in ihrem Nest, und die andere pelzige Maus lag im Nest in der gegenüberliegenden Ecke. Beide waren von kleinen, sich windenden rosa Winzlingen umgeben!

„Sam!" rief Anastasia erleichtert. „Die Mäuse sind nicht kaputt! Sie haben Babys bekommen!"

Vor Verblüffung nahm Sam den Daumen aus dem

Mund und warf einen vorsichtigen Blick ins Innere des Käfigs. „Oh, der Papa auch?" fragte er überrascht.

„Hm, ich glaube, ich habe mich getäuscht. Wie es scheint, sind die beiden kein Pärchen, sondern zwei Weibchen." Sie dachte mit Schrecken an ihr Forschungsthema. Dieses Detail würde die Sache wesentlich verkomplizieren.

„Sie haben jede Menge Babys bekommen", sagte Sam beeindruckt.

„Ich werde sie zählen." Anastasia beugte sich über den Käfig und begann nachzuzählen. „Romeo hat vier Kleine", verkündete sie dann. „Julia auch. Also insgesamt acht Babys. Nein, warte mal, da ist noch eins. Julia hat fünf. Macht zusammen neun. Du lieber Himmel, jetzt müssen wir uns neun Namen einfallen lassen."

„Darf ich sie aussuchen?" fragte Sam eifrig. „Du hast schon die Namen für die beiden Mamas ausgesucht."

„Na schön", sagte Anastasia in einem Anflug von Großzügigkeit. Sie ging zu ihrem Bett und nahm die Büste wieder auf den Arm. Nach einem suchenden Rundblick durch ihr Zimmer entschloß sie sich für den Schreibtisch und stellte Freud darauf, direkt neben ihre Schulbücher. Sam kniete mit strahlenden Augen neben dem Käfig. Schließlich blickte er auf.

„Gut", sagte er dann, „ich habe alle Namen."

Anastasia griff zu Bleistift und Zettel, um sie aufzuschreiben. „Schieß los", sagte sie.

„Superman", verkündete Sam.

„Ein schöner Name. Was noch? Wir brauchen noch acht."

„Penny und Dicky und Doofy und Charly und Alf und Doc."

Anastasia grinste.

„Super, Sam. Aber wir haben erst sieben. Wir brauchen noch zwei."

„Schneewittchen", erklärte Sam.

Anastasia schrieb fleißig. „Gut", sagte sie dann. „Noch einen!"

„Prinz", rief Sam verschmitzt.

Wissenschaftliches Forschungsprojekt

Anastasia Krupnik
7. Klasse (Herr Sherman)

Am 13. Oktober habe ich zwei niedliche kleine Rennmäuse erstanden, die jetzt in einem Käfig in meinem Zimmer leben. Sie heißen Romeo und Julia und sind sehr lieb. Sie scheinen sich sehr zu mögen. Da sie als Mann und Frau zusammen im selben Käfig leben, denke ich, daß sie Junge zeugen werden. In meinem Buch über Rennmäuse steht, daß die Schwangerschaft fünfundzwanzig Tage dauert. Ich glaube, sie haben schon mit der Paarung begonnen, denn sie gehen sehr liebevoll miteinander um. Ich werde also den heutigen Tag als ERSTEN TAG zählen und sie in den nächsten vierundzwanzig Tagen genauestens beobachten. Am FÜNFUNDZWANZIGSTEN TAG müßten die Kleinen dann zur Welt kommen.
Dieses ist der Gegenstand meines wissenschaftlichen Forschungsprojekts.

Dritter Tag
Meine Rennmäuse haben sich noch nicht groß verändert. Sie liegen meist im Käfig und dösen vor sich hin. Beide sind ziemlich dick, weil sie ständig fressen. Sie ähneln Sonya Isaacsons Mutter, zumindest körperlich.

Stimmungsmäßig ähneln sie eher meiner Mutter. Sie sind meist mies drauf.

Dritter Tag (Fortsetzung)

Menschen mit schweren psychischen Störungen fällt es sehr schwer, Rennmäuse zu beobachten. Sie sind nämlich unfähig, sich auf etwas zu konzentrieren. Da ich selbst ebenfalls unter psychischen Störungen leide, stehe ich vor diesem großen Problem.

Im Rahmen meines Forschungsprojekts werde ich auch psychische Störungen zur Sprache bringen. Hier ein Beitrag zu diesem Thema von einem gewissen Herrn Freud:

„Die Trennung innerhalb der Psyche zwischen dem Bewußten und dem Unbewußten stellt die bedeutendste Prämisse der Psychoanalyse dar; und nur sie allein erlaubt es der Psychoanalyse, die pathologischen Prozesse der geistigen Vorgänge zu verstehen, die ebenso allgemeingültig wie wichtig sind, und ihnen einen gebührenden Platz im Gebäude der Wissenschaften zu sichern."

Fünfter Tag

Meine Rennmäuse haben vorzeitig Junge bekommen. Es hat nicht fünfundzwanzig, sondern nur fünf Tage gedauert.

Jetzt habe ich insgesamt elf Mäuse. Sie heißen: Romeo, Julia, Superman, Penny, Dicky, Doofy, Charly, Alf, Doc, Schneewittchen und Prinz.

Ich habe auch einen Psychotherapeuten. Er heißt Freud. Er ist schon tot. Aber das ist nicht weiter schlimm, weil es bei manchen Therapeuten ganz egal ist, ob sie tot sind oder noch leben.

••••••••••••••••••••

Fünf

„Freud", sagte Anastasia eines Nachmittags, als sie auf dem Bett lag und ihre Mathe-Hausaufgaben machte, „ich brauche dringend Ihren Rat."

Sie hob den Kopf und blickte zum Schreibtisch hinüber. Der Angesprochene betrachtete sie aus leeren, ausdruckslosen Gipsaugen. Anastasia fiel auf, daß seine Nase etwas schief saß.

„Oder wäre es Ihnen lieber, wenn ich Sie ‚Doktor Freud' nenne?" fragte sie höflich.

Der leere Blick verlor sich in der Ferne.

Anastasia setzte sich auf dem noch ungemachten, mit Büchern und Heften übersäten Bett auf, kreuzte die Beine und betrachtete den Therapeuten, der in der anderen Zimmerecke stand. Sie bog den Fuß ihrer Nachttischlampe, damit der Strahl direkt auf sein Gesicht fiel. Die Schatten darauf verschwanden.

„Würde es Ihnen etwas ausmachen, wenn ich Sie mit dem Vornamen anrede? Ich weiß, daß Doktoren Wert auf ihren Titel legen – zumindest Sonyas Vater; er liebt es, wenn man ihn mit ‚Doktor Isaacson' anspricht. Aber ich finde, daß wir beide, wo wir unter uns sind und außerdem in meinem Zimmer, nicht etwa in Ihrer Praxis oder so, etwas weniger förmlich miteinander umgehen könnten."

Freud blickte stur geradeaus.

Einer plötzlichen Eingebung folgend nahm Anastasia ihren blauen Filzstift, mit dem sie eben noch ihre Matheaufgaben gelöst hatte. Dann holte sie

Freuds Kopf auf ihr Bett, wo das Licht besser war, und begann sorgfältig damit, die weißen Gipsaugen mit einer blauen Iris auszumalen. Mit einem schwarzen Stift malte sie Pupillen in die Mitte.

Schließlich nahm sie einen feinen schwarzen Stift und gab den Mundwinkeln des weltberühmten Psychiaters einen leichten Aufwärtsschwung. Zufrieden stellte sie die Büste wieder auf den Schreibtisch und kehrte auf ihr Bett zurück.

Sie schob die Bücher zur Seite, legte sich auf den Rücken und verschränkte die Arme hinter dem Kopf.

„Sigmund ..." begann sie schüchtern und warf einen prüfenden Blick auf ihn. Freuds neue blaue Augen ruhten wohlwollend auf ihr. Er schien sogar zu lächeln.

„Sehrrrrr gut", murmelte Anastasia. „Jetzt könnte es mit uns beiden klappen."

Es war inzwischen November, aber es gab nicht viel Neues. Das Leben war langweilig, ihre Eltern waren langweilig, Sam war langweilig, und die Rennmäuse waren das allerlangweiligste auf der Welt. Sie hatte lange nichts mehr für ihr Forschungsprojekt geschrieben, und das schlechte Gewissen begann sich zu regen. Norman Berkowitz hatte seinen Computer bestimmt schon zur Hälfte zusammengebaut. Und sie hatte nur zwei Seiten Aufzeichnungen über ihre dämlichen Rennmäuse.

„Sigmund", begann sie erneut. „ich weiß, daß ich eigentlich über meine Probleme in der Kindheit reden müßte und so, aber ehrlich gesagt möchte ich lieber über die Probleme reden, die mich im Moment bedrücken. Ist das okay?"

Sie wandte erneut den Kopf. Freud lächelte. Fein, er hatte offensichtlich nichts dagegen.

Sie seufzte aus tiefstem Herzen. Wo sollte sie anfangen? „Meine Freundin Daphne Bellingham, zum Beispiel. Die ist im Moment wirklich ein Problem. Früher war sie meine allerbeste Freundin, echt. Daphne, Sonya, Meredith und ich, wir haben immer alles zusammen gemacht."

Sie holte tief Luft, ehe sie fortfuhr. „Aber seit neuestem steht Daphne auf diesen Trottel von Footballspieler. Und seither sind wir anderen, ich, Sonya und Meredith, Luft für sie. Sie hat nichts anderes mehr im Kopf als sich ständig in der Nähe des Stadions herumzutreiben, um dem Typ bei seinem schwachsinnigen Training zuzusehen."

Anastasia runzelte die Stirn. „Worauf ist das Ihrer Meinung nach zurückzuführen, Sigmund?"

Er lächelte. Wenn ihre Mutter auf diese Art gelächelt hätte, hätte es geheißen: „Sag doch zuerst *deine* Meinung zu diesem Thema, Anastasia!"

„Ich denke, daß Daphne bereits in Phase zwei der Pubertät ist – die Phase, in der man den Jungs nachrennt."

Anastasia seufzte. „Ich glaube, ich bin noch nicht in Phase zwei. Aber vielleicht kommt das ja noch."

Plötzlich drang ein Heidenlärm aus dem Käfig. Anastasia schaute nach, aber sie wußte schon im voraus, was los war: die Rennmäuse lagen sich wieder einmal in den Haaren.

„Sigmund", stöhnte sie, „ich habe die Schnauze voll von diesen Viechern."

Freud lächelte verständnisvoll.

„Ich weiß, ich weiß. Ich bin selbst schuld. Und ich kriege sie nicht mehr los. Kein Mensch will Mäuse. Ich war die fünfte, der Meredith sie anbot. Aber was soll's? Schließlich brauche ich sie ja noch für mein blödes Projekt."

Sie setzte sich auf und blätterte den Kalender durch,

der auf ihrem Nachttisch lag. Er bestätigte ihr nur, was sie bereits wußte.

„Heute ist der fünfundzwanzigste Tag", knurrte sie. „Erst heute hätten die Babys kommen sollen. Und was ist statt dessen? Die Kleinen sind schon drei Wochen alt, der Käfig stinkt schlimmer als ein Misthaufen, keine Sekunde herrscht Ruhe, und die Hälfte meines Taschengelds geht für Futter drauf!"

Freud lächelte noch immer. Erbost stand Anastasia auf und stellte ihn mit dem Gesicht zur Wand. Die Sache mit den Rennmäusen war weiß Gott nicht zum Lachen!

„Wir sehen uns dann bei der nächsten Sitzung, Sigmund", sagte sie beleidigt. „Vielen Dank für Ihre Hilfe."

„Anastasia!" ertönte die Stimme ihrer Mutter von unten.

„Ja? Komm hoch!"

„Du weißt genau, daß ich das nicht kann. Ich kann dein Zimmer nicht mehr betreten, zumindest so lange nicht, wie ... du weißt, was ich meine. Ich habe keine Lust, mit diesen beiden Viechern im selben Raum zu sein. Komm bitte runter. Ich muß dich sprechen."

Die *beiden* Viecher, daß ich nicht lache! dachte Anastasia sarkastisch, als sie die Treppe hinunterging. Was würdest du sagen, wenn du erfährst, daß es inzwischen elf sind?

Um keinen Preis der Welt hätte sie ihrer Mutter gebeichtet, daß sie seit neuestem elf Rennmäuse besaß. Ihre Mutter wäre auf der Stelle tot umgefallen. Sam hatte Anastasia feierlich schwören müssen, daß er ihr Geheimnis für sich behielt.

In den letzten Wochen hatte Anastasia ihr Zimmer sogar zwei- oder dreimal eigenhändig gesaugt.

Ihre Mutter war im Badezimmer im ersten Stock

und gerade dabei, den frisch gebadeten Sam mit einem großen Badetuch abzutrocknen. Im Sog des abfließenden Wassers wirbelten insgesamt vierzehn Plastikboote herum.

„Was gibt's, Mama?"

„Schau dir Sam an!" sagte ihre Mutter. „Dreh dich mal um, Sam. Zeig Anastasia deinen Po."

Gehorsam machte Sam eine halbe Drehung. Auf seinem Hinterteil prangte ein großer blauer Fleck.

„Das war dieser Mistkerl, dieser Nicky Coletti", erklärte Frau Krupnik erbost.

„Er hat mich mit einem großen Laster gehauen", erklärte Sam.

„Einfach so. Rums! Beim Essen."

„Putz dir die Zähne, Sam", sagte seine Mutter. Gehorsam kletterte er auf seinen Holzschemel und griff nach seiner Zahnbürste.

„Was sagst du dazu, Anastasia? Ich weiß, daß dein Vater der Ansicht ist, daß die Kinder das unter sich ausmachen sollten. Aber so langsam platzt mir der Kragen. Gib mir bitte einen konstruktiven Rat."

„Gut, dann will ich dir einleitend sagen, daß ich an deiner Stelle nicht zulassen würde, daß Sam sich selbst mit Zahnpasta bedient", erwiderte Anastasia gelassen. „Schau!"

Frau Krupnik drehte den Kopf.

Sam hatte einen Berg von Zahnpasta auf seine kleine blaue Zahnbürste gedrückt. „Ich finde es toll, wenn meine Zahnpasta so dick wie ein Cheeseburger ist", erklärte er grinsend.

Seine Mutter stieß einen gequälten Seufzer aus.

Sam führte den weißen Zahnpastaberg in seinen Mund. „Anatassa, brinn du mi 'n Be", sagte er.

„Er will, daß ich ihn zu Bett bringe", übersetzte Anastasia.

„Mu di ein 'heimnis sa", nuschelte er durch seine Zahnpasta hindurch.

„Weil er mir ein Geheimnis anvertrauen muß."

„Na schön", sagte Frau Krupnik. „Bring ihn in sein Zimmer, und deck ihn gut zu. Und versprich mir, daß du später noch über die Sache mit diesem Coletti nachdenkst."

„Klaro."

„No 'n tüssen?" fragte Sam seine Mutter.

Sie zögerte und küßte ihn dann auf das Ohr, um dem Zahnpastaschaum auszuweichen.

„Und, was ist es für ein Geheimnis?" fragte Anastasia, als sie Sam zudeckte. „Geht es um deinen miesen Freund Nicky Coletti?"

„Nein." Sam schüttelte den Kopf. „Es geht um die Mäuse."

„Was ist mit ihnen?"

„Ich möchte, daß du mir das Wort ‚Rennmaus' buchstabierst, dann kann ich es im Kindergarten mit den Würfeln schreiben."

„Ach so, kein Problem! Schau her!"

Anastasia holte Bleistift und Papier aus Sams Schublade und schrieb ‚RENNMAUS' auf.

Dann stutzte sie. „Hey, Sam, du mußt aufpassen, daß Mama diesen Zettel nicht in die Finger bekommt. Sie flippt bestimmt schon aus, wenn sie das Wort ‚Rennmaus' nur geschrieben sieht."

„Null Problemo", sagte Sam. „Ich lasse ihn immer in meiner Tasche."

Anastasia griff nach der Jeans ihres Bruders, die fein säuberlich über der Rückenlehne eines Kinderstuhls hing. „Ich stecke ihn hier in deine Tasche, Sam", sagte Anastasia.

Er nickte und kroch unter seine Decke. „Morgen im

Kindergarten schreibe ich mit den Würfeln hundertmal das Wort ‚Rennmaus'", erklärte er zufrieden.

Er unterdrückte ein Gähnen. „Aber wahrscheinlich", sagte er dann geknickt, „wird der blöde Nicky sie mir alle an den Kopf werfen."

Anastasia machte das Licht aus, schloß die Tür und ging in ihr Zimmer zurück. Dann drehte sie Freuds Kopf wieder so, daß er auf ihr Bett blickte.

„Sigmund", sagte sie freundlich, „ich muß gleich zu meiner Mutter, folglich wird dies eine sehr kurze Sitzung."

Er lächelte entgegenkommend.

„Ich habe ein Problem wegen meiner Mutter", sagte sie zerknirscht. Erwartungsvoll blickte sie auf ihren Therapeuten.

„Und Sie finden das witzig?"

Wie nicht anders zu erwarten, blieb jegliche Reaktion aus.

„Gut, vielleicht ist es das auch in gewisser Weise. Meine Mutter jedenfalls findet es witzig. Sie findet es zum Totlachen, daß Leute in meinem Alter anfangen, ihre eigenen Mütter zu hassen."

Nachsichtig lächelte Freud vom Schreibtisch herüber.

„Ich hasse sie nicht wirklich", fuhr Anastasia fort. „Aber sie geht mir auf die Nerven. Im Moment nervt sie mich, weil sie mich in einer verzwickten Sache um Rat gefragt hat. Wie zum Kuckuck kann sie nur annehmen, daß eine Dreizehnjährige ein Problem lösen kann, mit dem eine Achtunddreißigjährige überfordert ist?"

Ratsuchend blickte sie auf Freud. „Wie alt sind Sie?" fragte sie.

Er lächelte verschmitzt.

„Ja, Sie haben recht. Das ist keine Frage, die man

seinem Therapeuten stellen darf", mußte Anastasia zugeben.

„Ich wünschte, Sie könnten reden", sagte sie dann seufzend.

Da bemerkte sie das Buch, das noch immer neben ihrem Bett auf dem Fußboden lag. Seit sie wohl oder übel damit angefangen hatte, ihr Zimmer selbst zu putzen, hatte sie es sich zur Gewohnheit gemacht, mit dem Staubsauger fein säuberlich um alles herumzufahren. Sie fand es absurd, wie ihre Mutter beim Saugen alles vom Boden hochzuheben, mit dem Staubsauger die betreffende Stelle zu saugen und den Gegenstand dann wieder zurückzustellen. Anastasia genügte es, alles Herumstehende oder Herumliegende zu umfahren; das fand sie logischer und auch zeitsparender.

Sie blätterte das Buch über Freud durch. Der Begriff *Abhängigkeitsbeziehungen* stach ihr ins Auge. Wenn das nicht auf sie zutraf! Sie war abhängig, das wußte sie; ihr Vater hatte es ihr selbst gesagt. Er führte sie jedes Jahr in seiner Einkommenssteuererklärung als *abhängige Person* auf.

Und sie hatte *Beziehungen*. Sie hatte eine sehr enge Beziehung zu ihrer Mutter, vielleicht nicht ganz so eng wie die zwischen ihrer Mutter und ihrem Vater, aber trotzdem ...

„Sigmund", sagte sie, „ich möchte mich heute über meine Beziehung zu meiner Mutter unterhalten, von der ich abhängig bin."

Sie blickte wieder in das Buch, auf die Stelle, wo sie das mit den *Abhängigkeitsbeziehungen* entdeckt hatte. Dort stand:

... die Genese des Über-Ichs im frühen, triebhaften Besitzstreben des Es', im Ödipuskomplex, hat noch eine weiterreichende Bedeutung. Diese Genese bringt es, wie bereits

gezeigt, in Beziehung mit dem phylogenetisch Erworbenen des Es', was zu einer Wiederbelebung der frühen Ich-Strukturen führt, welche ihre Spuren im Es hinterlassen haben.

Sie las diesen Absatz gleich noch ein zweites Mal. Danach warf sie über den Rand des Buches hinweg einen prüfenden Blick auf die Büste. Deren Lächeln kam ihr mit einem Mal etwas überheblich vor.

Sie Blödmann, Sigmund, dachte sie kopfschüttelnd. Das nennen Sie den Leuten helfen?

Anastasia klappte das Buch wieder zu, rückte ihre Brille zurecht und betrachtete ihren Therapeuten noch eingehender. Was würde Königin Elisabeth zu einem Therapeuten sagen, überlegte sie, der ihr einen derartigen Schwachsinn unterbreitete?

„Ihre Überlegungen sind nicht uninteressant", sagte sie zu Freud in ihrem Königin-Elisabeth-Tonfall. „Ich werde darüber nachdenken, sobald ich Zeit dafür finde. Im Augenblick jedoch habe ich Wichtigeres zu tun."

Nach diesen Worten schritt sie hoheitsvoll von dannen.

Ihre Eltern saßen im Arbeitszimmer, und wie immer war ihr Vater gerade in eine Lektüre vertieft. Ihre Mutter strickte einen Pullover. Anastasia hoffte inständig, dieses Teil möge nicht für sie bestimmt sein.

Sie haßte die selbstgestrickten Pullover ihrer Mutter. Alle normalen Leute, die sie kannte, trugen Pullover von Sears oder von Jordan Marsh – die waren ‚in'. Aber ihre Mutter weigerte sich schlichtweg, für ihre Familie fertige Pullover zu kaufen; das fand sie unter ihrer Würde. Sie war es sich schuldig, die unmöglichsten Pullis zu stricken – mit tausend Mustern und so! Alles andere als ‚in'!

Ihr Vater steckte gerade in einem solchen groben

Teil. Offenbar machte ihm das nichts aus. Aber falls sie jemals genug Geld auf der Seite haben würde, das schwor sich Anastasia feierlich, würde sie sich zum Geburtstag einen anständigen klassischen Pulli bei Sears kaufen.

„Ich habe über die Sache von vorhin nachgedacht, Mama", sagte Anastasia und ließ sich auf die Couch fallen. „Ich habe sogar Freud konsultiert. Aber sag mal, können wir das hier vor Papa besprechen?"

„Natürlich", antwortete ihre Mutter. „Er und ich sind uns zwar nicht einig, wie man gegen diesen Nicky Coletti vorgehen soll, aber wir sind beide neugierig darauf zu erfahren, ob dir eine geniale Idee gekommen ist."

Ihr Vater legte die Zeitung weg und zündete seine Pfeife an.

„Sag mal, hilft es dir wirklich, einen Therapeuten aus Gips zu konsultieren?" fragte er.

„Aber sicher", antwortete Anastasia. „Freud hilft mir enorm."

„Wie faszinierend! Und du hast ihn wirklich gefragt, was er von Sams Problem hält?"

„Papa", sagte Anastasia etwas ungehalten, „einen Therapeuten wie Freud konsultiert man nicht wegen irgendwelchem Kindergartenkram. Man stellt Freud allgemeine Fragen über zwischenmenschliche Beziehungen und so, wie zum Beispiel ... nun ja, heute abend zum Beispiel habe ich mit ihm über Abhängigkeitsbeziehungen gesprochen."

„Abhängigkeitsbeziehungen? Dann frag ihn mal, was wir im Fall von Onkel George tun können." Herr Krupnik wandte sich an seine Frau. „Hab' ich dir schon erzählt, daß George mir schon wieder geschrieben und um Geld gebeten hat? Dieses Mal will er es in eine Kiwi-Farm investieren."

„Dein Bruder George ist selbst eine Kiwi, wenn du meine Meinung wissen willst", sagte Katherine Krupnik.

„Ich habe genug eigene Probleme", stöhnte Anastasia. „Wenn du dich mit einem Therapeuten über Onkel George unterhalten willst, kannst du dir ja eine eigene Gipsbüste kaufen."

„Wieviel hat dein Freud gekostet?" fragte ihr Vater.

„Vier Dollar fünfzig."

„Wenn du ihn nicht mehr brauchst, verkaufst du ihn mir dann zu einem guten Preis?"

Anastasia überlegte kurz. Sie war sich nicht sicher, ob sie ihn eines Tages nicht mehr brauchen würde. Aber wenn er ihr keine anderen Erklärungen liefern konnte als diesen unverständlichen Schwachsinn über die Abhängigkeitsbeziehungen, wäre es vielleicht besser, ihn tatsächlich zu verkaufen.

„Ich werde es mir überlegen", sagte sie zu ihrem Vater. „Im Moment kann ich dir nichts anderes anbieten als einen Aschenbecher, der die Form zweier verschlungener Hände hat. Ich mache dir einen echt guten Preis!"

„Nein danke. Mir sind meine alten Radkappen lieber."

Anastasia erstarrte. Das war ein weiterer Grund, warum sie sich ihres Vaters schämte. Vor Jahren hatte er ein uraltes Auto besessen, das er über alle Maßen liebte. Als die Kiste so alt war, daß man sie beim besten Willen nicht mehr reparieren konnte, hatte er sie auf den Schrottplatz gebracht, nicht ohne vorher jedoch die Radkappen abzumontieren. Und die benutzte er jetzt als Aschenbecher! Er nannte sie seine Thunderbird-1957-Erinnerungs-Aschenbecher, und es gab vier Stück davon, in vier verschiedenen Räumen des Hauses! Voll peinlich! Jedesmal wenn eine ihrer Freundinnen zu Besuch kam, stellte sich Anastasia immer direkt vor die Radkappen, damit sie sie nicht sahen und womöglich fragten, wozu sie gut seien. Die Sache mit den Radkappen stellte einen weiteren Punkt auf der langen Liste der Peinlichkeiten dar, denen Anastasia auf dieser Erde ausgesetzt war.

„Aber kommen wir wieder zur Sache! Es geht um Sam ..." begann sie.

Ihre Mutter richtete sich plötzlich auf. „Anastasia", sagte sie in strengem Ton, nachdem sie einen Blick auf ihre Uhr geworfen hatte. „Es ist fast neun Uhr, und heute ist Dienstag."

„Mensch, Mama!" knurrte Anastasia.

„Du bist mit dem Geschirr dran. Steht alles in der Spüle."

„ICH HABE SAM ZU BETT GEBRACHT. MUSS ICH JETZT WIRKLICH NOCH DIESE NIEDERE SKLAVENARBEIT VERRICHTEN?"

„Nein, aber du mußt dienstags und freitags Geschirr spülen. Du warst dabei, als wir den Plan mit den Hausarbeiten aufgestellt haben, Anastasia, und du warst damit einverstanden."

„Aber heute abend gab's Lasagne."

„Ich dachte, du magst Lasagne."

„Aber nicht am Dienstag! Bei Lasagne sehen die Teller immer scheußlich aus! Es ist fast unmöglich, Teller sauber zu bekommen, von denen man Lasagne gegessen hat!"

„Dann versuch es zur Abwechslung doch mal mit Spülmittel", schlug ihre Mutter ungerührt vor. „Es ist mir nicht entgangen, daß du am liebsten mit klarem Wasser und ohne Spülmittel spülst!"

„Spionin!" knurrte Anastasia.

Maulend erhob sie sich von der Couch. „Ich bin

todmüde. Alles tut mir weh. Wahrscheinlich habe ich Schwindsucht."

Ihr Vater griff wieder nach seiner Zeitung. Ihre Mutter konzentrierte sich auf ihre Strickarbeit und zählte die Maschen.

„Aber das ist euch natürlich schnurzegal", jammerte Anastasia. „Es kümmert euch einen Dreck, daß ich an Schwindsucht leide!"

Ihre Mutter griff nach der Strickanleitung. „Ich auch, mein Schatz", erklärte sie in erschöpftem Ton. „Ich leide an der Schwindsucht aller Mütter."

„Ich hatte eine Idee", rief Anastasia beleidigt, während sie sich in Richtung Küche schleppte. „Eine Idee wegen Nicky Coletti. Eine absolut geniale Idee ..."

Sie öffnete die Küchentür und starrte lustlos auf die Lasagneteller im Spülbecken. Dann fiel ihr Blick auf die Auflaufform, die noch auf dem Tisch stand. Noch entsetzlicher! Sie war leer und mit einer angetrockneten Käse-Tomaten-Schicht überzogen.

„... Aber dann werdet ihr eben nie erfahren, was es war!" zischte sie trotzig.

Schweigen. Sie stellte sich ihre Eltern vor, wie sie im Arbeitszimmer saßen, beide ein nachsichtiges Lächeln auf den Lippen, genau wie Freud.

Es dauerte ewig, bis das Geschirr gespült war. Erschöpft schlüpfte Anastasia danach in ihren Schlafanzug und durchwühlte die oberste Schublade ihres Schreibtischs nach der alten Hautcremetube. Sie drückte einen Tupfer auf die Innenflächen ihrer geschundenen, rauhen Spülhände. Spülmittel war äußerst schädlich für die Haut. Nur zweimal hatte sie in den vergangenen sechs Monaten mit Spülmittel gespült, und beide Male hatte sie danach Handcreme auftragen müssen!

Freud wandte ihr den Rücken zu. Da sie noch immer ein bißchen sauer auf ihn war, hatte sie nicht die Absicht, ihn heute abend noch zu konsultieren.

Statt dessen warf sie einen schuldbewußten Blick in das Heft, in dem sie ihr Forschungsprojekt beschreiben wollte. Danach warf sie einen nicht weniger schuldbewußten Blick auf den Käfig. Erst heute morgen hatte sie massenhaft Raumspray versprüht, aber offenbar mußte sie die Prozedur gleich noch einmal wiederholen. Alles wegen dieser blöden Viecher! In dem Mäusebuch stand, Rennmäuse würden nicht stinken. Das Buch log!

Sie gähnte und las noch einmal durch, was sie bisher für ihr Projekt geschrieben hatte. Das letzte Mal – vor genau zwanzig Tagen, wie ihr schuldbewußt klar wurde – hatte sie die Namen der kleinen Rennmäuse aufgelistet. Inzwischen wußte sie nicht einmal mehr, wer wer war. Wie konnte man ein wissenschaftliches Projekt durchführen, wenn man nicht einmal in der Lage war, die einzelnen Forschungsobjekte zu unterscheiden?

Sie betrachtete den kleinen Aufkleber auf der Filzstift-Schachtel. NICHT GIFTIG stand darauf. War eigentlich klar, denn Sam hatte an allen gelutscht und war nicht gestorben.

Gut, sehr gut, das war ein wissenschaftlicher Vorgang, den auszuführen sie in der Lage war. Sorgfältig nahm sie eine der elf Mäuse nach der anderen aus dem Käfig und malte jeder einen andersfarbigen Punkt auf die Stirn. Dann notierte sie mit wissenschaftlicher Genauigkeit, was sie soeben getan hatte.

Und der auch, beschloß Anastasia. Er war ein wichtiger Bestandteil ihres Forschungsprojekts geworden.

Und prompt verpaßte sie auch Freud einen farbigen Punkt auf die Stirn.

Wissenschaftliches Forschungsprojekt

Anastasia Krupnik
7. Klasse (Herr Sherman)

Am 13. Oktober habe ich zwei niedliche kleine Rennmäuse erstanden, die jetzt in einem Käfig in meinem Zimmer leben. Sie heißen Romeo und Julia und sind sehr lieb. Sie scheinen sich sehr zu mögen. Da sie als Mann und Frau zusammen im selben Käfig leben, denke ich, daß sie Junge zeugen werden. In meinem Buch über Rennmäuse steht, daß die Schwangerschaft fünfundzwanzig Tage dauert. Ich glaube, sie haben schon mit der Paarung begonnen, denn sie gehen sehr liebevoll miteinander um. Ich werde also den heutigen Tag als ERSTEN TAG zählen und sie in den nächsten vierundzwanzig Tagen genauestens beobachten. Am FÜNFUNDZWANZIGSTEN TAG müßten dann die Kleinen zur Welt kommen.
Dieses ist der Gegenstand meines wissenschaftlichen Forschungsprojekts.

Dritter Tag
Meine Rennmäuse haben sich noch nicht groß verändert. Sie liegen meist im Käfig und dösen vor sich hin. Beide sind ziemlich dick, weil sie ständig fressen. Sie ähneln Sonya Isaacsons Mutter, zumindest körperlich.
Stimmungsmäßig ähneln sie eher meiner Mutter. Sie sind meist mies drauf.

Dritter Tag (Fortsetzung)
Menschen mit schweren psychischen Störungen fällt es sehr schwer, Rennmäuse zu beobachten. Sie sind nämlich unfähig, sich auf etwas zu konzentrieren. Da ich selbst

ebenfalls unter psychischen Störungen leide, stehe ich vor diesem großen Problem.
Im Rahmen meines Forschungsprojekts werde ich auch psychische Störungen zur Sprache bringen. Hier ein Beitrag zu diesem Thema von einem gewissen Herrn Freud:
„Die Trennung innerhalb der Psyche zwischen dem Bewußten und dem Unbewußten stellt die bedeutendste Prämisse der Psychoanalyse dar; und nur sie allein erlaubt es der Psychoanalyse, die pathologischen Prozesse der geistigen Vorgänge zu verstehen, die ebenso allgemeingültig wie wichtig sind, und ihnen einen gebührenden Platz im Gebäude der Wissenschaften zu sichern."

Fünfter Tag

Meine Rennmäuse haben vorzeitig Junge bekommen. Es hat nicht fünfundzwanzig, sondern nur fünf Tage gedauert.
Jetzt habe ich insgesamt elf Mäuse. Sie heißen: Romeo, Julia, Superman, Penny, Dicky, Doofy, Charly, Alf, Doc, Schneewittchen und Prinz.
Ich habe auch einen Psychotherapeuten. Er heißt Freud. Er ist schon tot. Aber das ist nicht weiter schlimm, weil es bei manchen Therapeuten ganz egal ist, ob sie tot sind oder noch leben.

Fünfundzwanzigster Tag

Ich habe seit längerem nichts mehr geschrieben, weil ich sehr erschöpft war. Vermutlich leide ich an Schwindsucht. Die Menschen, zu denen ich in einer Abhängigkeitsbeziehung stehe, zeigen keinerlei Mitgefühl für einen kranken Mitmenschen, wie ich zu meinem großen Kummer feststellen mußte.
Folgendes sagt mein Therapeut zum Punkt ‚Abhängigkeitsbeziehungen':

„... die Genese des Über-Ichs im frühen, triebhaften Besitzstreben des Es', im Ödipuskomplex, hat noch eine weiterreichende Bedeutung. Diese Genese bringt es, wie bereits gezeigt, in Beziehung mit dem phylogenetisch Erworbenen des Es', was zu einer Wiederbelebung der frühen Ich-Strukturen führt, welche ihre Spuren im Es hinterlassen haben."

Um meine Rennmäuse auf wissenschaftlich korrekte Weise unterscheiden zu können, habe ich ihnen verschiedenfarbige Punkte auf die Stirn gemalt.

rot – Romeo
blau – Julia
gelb – Superman
grün – Doofy
orange – Alf
violett – Doc
braun – Charly
schwarz – Penny
rosa – Dicky
türkis – Schneewittchen
weiß – Prinz

Dank dieser Kennzeichnung werde ich sie in Zukunft besser auseinanderhalten können, zum Beispiel, falls eine Maus wieder Junge bekommt.
Damit ich auch meinen Therapeuten jederzeit erkenne, habe ich ihm einen dicken *lila* Punkt auf die Stirn gemalt. (Zum Glück besteht keinerlei Gefahr, daß mein Therapeut jemals Junge bekommt.)

Anastasia schaute ein letztes Mal in den Käfig und stellte fest, daß die kleinen regenbogenfarbigen Köpfe es sich zum Schlafen in ihren Nestern bequem gemacht hatten. Dann blickte sie wieder auf ihre Aufzeichnungen. Plötzlich packte sie die nackte Verzweiflung.

WAS, WENN EINE DER RENNMÄUSE TATSÄCHLICH JUNGE BEKOMMEN WÜRDE? Diese Möglichkeit hatte sie noch nie ins Auge gefaßt. Wie alt mußten die jungen Mäuse sein, um selbst Junge zu bekommen? Wenn eine von ihnen nur – sagen wir mal – vier Junge bekäme, hätte sie insgesamt fünfzehn Mäuse statt elf. Und wenn zwei von ihnen Junge bekämen? Neunzehn! Und wenn – nur mal angenommen – alle von ihnen Junge bekämen? Wie viele Rennmäuse hätte sie dann insgesamt?

Bestimmt waren auch ein paar Männchen darunter. Ihr fiel ein Junge aus der achten Klasse ein, Kevin Burke, der fünf Brüder hatte. In manchen Familien gab es nur Jungen. Vielleicht waren alle ihre kleinen Mäuse Männchen.

Aber sie hatte die schreckliche Vorahnung, daß dies nicht der Fall war.

„Sigmund", sagte sie, während sie ins Bett stieg, „es kann sein, daß demnächst neue Probleme auf mich einstürmen. Probleme, mit denen vor Ihnen noch kein Psychiater der Welt konfrontiert wurde."

Sechs

„Ich habe euch verziehen, Leute“, verkündete Anastasia ihren Eltern am nächsten Abend. „Deshalb werde ich euch meinen Plan unterbreiten.“

„Was hast du uns verziehen?“ erkundigte sich irritiert ihre Mutter, die am Spülbecken stand und Geschirr spülte. Anastasia saß am Küchentisch und machte ihre Hausaufgaben. In ihrem Zimmer stank es mittlerweile so sehr, daß sie dort unmöglich arbeiten konnte. Sie begann sogar, sich um Frank Goldfisch Sorgen zu machen, obwohl er gar keine Nase zu haben schien.

Freud hatte eine Nase, die ein bißchen schief war. Doch da seine Nase aus Gips war, mußte sich Anastasia keine Sorgen um ihn machen.

„Daß ich gestern abend spülen mußte“, erwiderte Anastasia.

Ihr Vater hob den Kopf. Er hatte alte Zeitungen auf dem Küchenfußboden ausgebreitet und alle seine Schuhe darauf ausgebreitet. Er wollte eben damit beginnen, sie zu wachsen. „Gestern war Dienstag“, sagte er ungerührt. „Dienstagabends bist du an der Reihe, Anastasia.“

„Und wennschon“, maulte Anastasia, „ich hatte gestern abend einfach keinen Bock.“

Ihre Mutter wandte sich um. „Niemand hat je Lust zum Geschirrspülen, Anastasia. Ich zumindest nie. Spülen ist etwas, das man nun einmal jeden Abend tun muß, ob man nun Lust hat oder nicht. Geschirrspülen ist wie Wäsche waschen, zum Zahnarzt gehen oder ..."

„... oder Schuhe putzen", ergänzte Dr. Krupnik vielsagend.

„Richtig", sagte Katherine Krupnik. „Es gibt Dinge, die man einfach tun *muß*, und folglich ist es müßig, sich zu fragen, ob man Lust hat oder nicht."

Anastasia schüttete etwas Salz auf ihre Handfläche und schleckte daran. „Mag sein", sagte sie. „Aber alle Welt außer uns hat einen Geschirrspüler."

Ihr Vater hob eine der Zeitungsseiten auf. „Schau", sagte er und deutete auf ein Foto.

Darauf war eine lange Reihe zerlumpter Menschen abgebildet, die barfuß auf einer Landstraße gingen.

„Bosnische Flüchtlinge beim Verlassen ihrer vom Krieg verwüsteten Häuser", las ihr Vater die Bildunterschrift vor.

„Und?" fragte Anastasia unbeeindruckt.

„Diese Menschen hier", erklärte ihr Vater mit Nachdruck, während er die Zeitungsseite wieder auf dem Boden ausbreitete, „haben zum Beispiel keinen Geschirrspüler."

„Woher willst du das wissen? Steht etwa da: ‚Bosnische Flüchtlinge ohne Geschirrspüler ...'?" sagte Anastasia sarkastisch.

Ihr Vater schnaubte und begann so heftig seine Schuhe zu wachsen, daß man glauben konnte, er wolle sie umbringen.

„Anastasia", sagte ihre Mutter fassungslos, „argumentierst du mit deinen Lehrern ähnlich?"

Anastasia schleckte etwas Salz von ihrer Fingerkuppe. „Nö, nur mit euch."

„Wie dem auch sei, ich wünsche mir, daß das aufhört. Es nervt mich. Aber wie war das mit deinem Plan? Ich habe wirklich die Nase voll von diesem dicken, miesen Fiesling Nicky Coletti, und falls du eine Idee hast, laß hören."

Anastasias Miene erhellte sich. „Ihr werdet staunen! Mama, du mußt folgendes tun: Du rufst Frau Coletti an und ..."

Ihre Mutter unterbrach sie. „Papa findet, daß das keine gute Idee ist."

„Wart's ab! Du rufst sie ja nicht an, um sie anzubrüllen. Du rufst sie an und bist sehr höflich. Zerfließe förmlich vor Höflichkeit. Das kannst du gut, Mama. Ich habe dich schon vor Höflichkeit zerfließen sehen. Du hast echt Talent dafür."

Ihre Mutter nahm die abgetrockneten Teller und stellte sie in den Schrank. „Was soll das heißen? Ich zerfließe nie vor Höflichkeit. Stimmt's, Myron?"

Der Angesprochene runzelte die Stirn, ohne den Blick von dem Schuh in seiner Hand abzuwenden.

„Tja, meine Liebe, ich würde behaupten, daß das durchaus vorkommt. Jedes Jahr beim Galaessen mit den Ehepartnern der Fakultätsmitglieder zerfließt du schon ein bißchen vor Höflichkeit ..."

„Und wenn der Typ mit den Besen vom Blindenhilfswerk an der Haustür steht, Mama, zerfließt du ebenfalls vor Höflichkeit ..."

„Hm", knurrte Frau Krupnik. „Ich hasse die Galaessen. Und was den Besenverkäufer betrifft – ich habe ihm im Laufe der Zeit etliche Besen abgekauft. Ich fand es wirklich toll, daß die Blinden sich mit der Herstellung von Besen ihren Lebensunterhalt verdienen können. Aber dann habe ich eines Tages auf einem der Besen ein kleines Etikett mit der Aufschrift MADE IN TAIWAN entdeckt. Da bin ich fuchsteufelswütend geworden. Es gab nur zwei Möglichkeiten: entweder ihm seine Besen beim nächsten Mal über den Kopf zu hauen oder von einer widerlichen, unerträglichen Höflichkeit zu sein. Du hast recht, glaube ich – wenn es sein muß, kann ich vor Höflichkeit zerfließen."

„Na also", fuhr Anastasia zufrieden fort, „du rufst Frau Coletti an. Am besten gleich. Sei von einer widerlichen Höflichkeit, und lade sie ein, mit ihrem süßen kleinen Nicky doch einmal auf einen Nachmittagstee hier vorbeizukommen."

„Warum? Warum um alles in der Welt sollte ich Sam so etwas antun? Er leidet schon im Kindergarten genug unter diesem kleinen Ungeheuer."

„Mama", erklärte Anastasia mit Engelsgeduld, „das gehört zu meinem Plan. Sorg dafür, daß Frau Coletti auch bleibt, also ihren Sohn nicht nur abliefert und dann wieder geht. Sie muß bleiben, damit sie mit eigenen Augen sieht, wie ihr süßer kleiner Nicky auf den armen Sam einschlägt. Dann ist sie Augenzeugin und denkt nicht, daß du dir das Ganze aus den Fingern gesogen hast."

„Katherine", sagte Dr. Krupnik, während er hingebungsvoll seine Schuhe bürstete, „die Idee ist gar nicht so schlecht. Es könnte funktionieren."

Frau Krupnik räumte den letzten Topf weg, hängte das Trockentuch auf und schritt zum Telefon. „Spitzt die Ohren, ihr beiden. Ich werde vor Höflichkeit zerfließen."

„Noch eine Viertelstunde", sagte Frau Krupnik. „In einer Viertelstunde kommen sie."

„Ich verstecke mich lieber", flüsterte Sam ängstlich. „Ich verstecke mich im Schrank."

Es war Samstag nachmittag, und Frau Coletti hatte zugesagt, Nicky zum Spielen zu den Krupniks zu bringen.

„Sam", sagte Anastasia, „Mama und ich sind doch

da. Und Nickys Mutter wird auch dasein. Wir beschützen dich, Ehrenwort! Du weißt doch, warum wir sie eingeladen haben. Damit Frau Coletti sieht, daß Nicky dich verhaut und beißt. Alles klar? Das ist ein geheimer Plan."

Sam nickte tapfer, aber die Angst stand ihm noch immer ins Gesicht geschrieben. „Ja", sagte er. „Ein geheimer Plan."

Frau Krupnik legte Plätzchen auf eine Platte. Der Wasserkessel dampfte, und die Teetassen standen bereits auf dem Tablett. Für Sam und Nicky war Saft bereitgestellt.

„Sam", schlug seine Mutter vor, „bring doch schon mal deinen Zug aus den Haferflockenkartons ins Wohnzimmer. Dann kannst du mit Nicky dort spielen, während wir Mütter in eurer Nähe Tee trinken."

„Gut", sagte Sam und trottete brav hinaus.

Wenige Sekunden später hörten Anastasia und ihre Mutter den Zug die Treppenstufen heruntergleiten: vierzehn große bunte, aneinandergebundene Pappkartons mit dem rotangemalten Dienstwaggon am hinteren Ende. Dieser Zug war Sams Lieblingsspielzeug.

Die Türglocke läutete. Sam stürzte in die Küche und klammerte sich an den Rockzipfel seiner Mutter. Anläßlich des Besuches hatte Frau Krupnik auf ihre üblichen Jeans verzichtet.

„Sam, mein Liebling", sagte seine Mutter, „ich kann nicht an die Tür gehen, wenn du mich festhältst."

Widerwillig ließ Sam sie los. Anastasia nahm ihn an der Hand, und zu dritt gingen sie zur Haustür.

Die Frau, die davor stand, war klein und sah recht unscheinbar aus. „Guten Tag", sagte sie. „Ich bin Shirley Coletti."

Vor Höflichkeit zerfließend, bat Frau Krupnik sie

herein. Hinter ihr stand ein Kind, etwa so groß und alt wie Sam, das von Kopf bis Fuß in einem roten Schneeanzug steckte.

„Und das ist Nicky, nehme ich an", säuselte Frau Krupnik. „Darf ich Ihren Mantel nehmen, Shirley? Anastasia, kümmerst du dich um Nickys Anzug?"

Anastasia kniete sich vor Nicky nieder, der sie aus großen dunklen Augen mit langen schwarzen Wimpern mißtrauisch beäugte.

„Ein Tsug", rief Nicky nach einem Blick ins Wohnzimmer. „Ich will mit dem Tsug spielen."

„Er gehört mir", sagte Sam. Dann fügte er widerwillig hinzu: „Aber du kannst damit spielen."

Anastasia öffnete den Reißverschluß von Nickys Skianzug. Ihre Mutter führte Frau Coletti schon ins Wohnzimmer.

Anastasia streifte den Anzug über Nickys kleine, feste Schultern. Dann stellte sie Nicky auf einen Stuhl und begann, die engsitzenden Beine des Anzugs herunter und über die Schuhe zu streifen – schwarze Lackschuhe.

Wie komisch, dachte Anastasia. Schwarze Lackschühchen?

Endlich schaffte sie es, Nicky komplett aus seinem Anzug zu schälen, und zu ihrer Verwunderung kamen darunter zwei stämmige Beinchen in einer Spitzenstrumpfhose unter einem kurzen Kleidchen mit Schottenmuster zum Vorschein.

„Ich will Tsug haben", verkündete Nicky. Sie sprang vom Stuhl und rannte ins Wohnzimmer.

„Sam", flüsterte Anastasia ihrem Bruder zu, der sich in eine dunkle Ecke des Flurs zurückgezogen hatte, „Nicky Coletti ist ein Mädchen!"

„Ja", bestätigte Sam unbeeindruckt, „gemeiner, dicker, mieser Fiesling Nicky Coletti!"

Anastasia nahm ihren kleinen Bruder entschlossen an die Hand und führte ihn ins Wohnzimmer. Ihre Mutter goß ihrem Gast gerade Tee ein, während Frau Coletti in einem fort redete. Nicky war bereits auf allen vieren und schob den Zug quer durch den Raum.

„Wie ich sehe, konnten Sie nur eines dieser alten, riesigen Häuser finden", sagte Frau Coletti. „Wir haben mehr Glück gehabt: wir haben ein hübsches kleines Fertighaus. Vier Schlafzimmer, ein Wohn- und Speisezimmer, zwei Bäder und eine Gästetoilette, mit allem Komfort!"

„Rrrrrr", knurrte Nicky drohend, „Tsugunglück kommt."

Sie packte die Lok und schleuderte den ganzen Zug geradewegs in Richtung Couchtisch. Anastasia erstarrte und wartete gespannt darauf, daß Frau Coletti ihre Nicky ermahnte, den Zug nicht gegen Möbelstücke zu schleudern.

Peng! Der Tisch blieb intakt, nur die Tassen vibrierten leise. Sams Lokomotive war zerbeult, und der kleine Schornstein war abgefallen.

Frau Coletti begutachtete den Schaden. „Sie sollten keine billigen Spielsachen aus Karton kaufen", sagte sie kopfschüttelnd. „Ich kaufe Nicky immer nur stabile Sachen, zum Beispiel Legosteine oder Playmobil."

„Rrrrr", knurrte Nicky erneut. Sie packte den Teller mit den Plätzchen und schüttete den Inhalt in einen der Waggons. Mit Sams Zug unter dem Arm marschierte sie dann in Richtung Eßzimmer davon. „Unfall Nummer tswei!" brüllte sie.

Gleich darauf hörte man einen dumpfen Knall und das Geräusch von Keksen, die auf den Boden hagelten.

Frau Krupnik hielt die Luft an. „Noch etwas Tee, Shirley?“ fragte sie höflich.

Sam saß neben Anastasia auf der Couch und lauschte starr vor Schreck auf die Geräusche aus dem Eßzimmer. Sein Kinn bebte. Er stand kurz davor, in Tränen auszubrechen.

„In einem neuen Haus wie unserem“, fuhr Frau Coletti unbeeindruckt fort, „ist auch nicht alles so verstaubt wie hier. Und selbstverständlich haben wir auch das allerneueste Heizsystem. Sehen Sie?“ Sie wandte sich um und fuhr mit dem Finger über den Heizkörper. „Bei unserer modernen Heizung hat man nicht all diesen Staub.“

Frau Krupnik lächelte gequält und mit zusammengekniffenen Lippen, ehe sie in ihrer Verzweiflung am Tee nippte.

„Wir wollten unbedingt ein älteres Haus“, erklärte sie, „weil diese Häuser geräumiger sind. Dieses Haus ist groß genug, so daß ich auch mein Atelier einrichten konnte, und ich bin froh, daß ich zu Hause arbeiten kann.“

„Oh, Sie arbeiten?“

Frau Krupnik nickte.

„Meine Mutter ist Illustratorin“, erklärte Anastasia stolz. „Sie malt Bilder für Bücher.“

„Ich habe Glück gehabt“, sagte Shirley Coletti süffisant. „Ich war nie gezwungen zu arbeiten.“

„Mama ist nicht *gezwungen* zu arbeiten“, sagte Anastasia mit Nachdruck. „Sie arbeitet, weil sie gut zeichnen kann. Und weil es ihr Spaß macht.“

„Meine Schwester kann auch gut zeichnen“, sagte Shirley Coletti und goß sich eine weitere Tasse Tee ein. „Sie malt alle Weihnachtskarten selbst. Letztes Jahr war es ein Weihnachtsmann mit einem Martini-Glas in der Hand. Wissen Sie, das konnte man deutlich erkennen, weil eine Olive in dem Glas schwamm. Und auf der Innenseite stand geschrieben: ‚Jetzt ist die Zeit, um glücklich zu sein.'"

Frau Krupnik lächelte höflich. Im Eßzimmer herrschte Ruhe. Nickys drohende „Rrrrrr" kamen von weiter her; offensichtlich war sie gerade auf dem Weg in die Küche.

„Anastasia", sagte ihre Mutter besorgt, „vielleicht könntest du mal nachsehen, was ..."

„Vielleicht war es nicht ‚glücklich', sondern ‚fröhlich'. Ja, ich glaube, es hieß: ‚Jetzt ist die Zeit, um fröhlich zu sein.' Es waren wirklich wunderhübsche Karten", plapperte Shirley Coletti ungeniert weiter.

Aus der Küche drang plötzlich ein Höllenlärm. Anastasia sprang auf.

„Nicole Marie Coletti!" rief ihre Mutter. „Egal, was du gerade machst, hör sofort damit auf! Sonst bekommst du eine Tracht Prügel!"

Als Anastasia in die Küche gerannt kam, war diese leer. Nur Sams Zug lag noch auf dem Boden, und der rote Waggon war restlos platt getreten. Nicky hatte sich ganz offensichtlich darauf gestellt, um an das Regal zu gelangen, auf dem der Topf mit den Keksen stand, oder besser gesagt, gestanden hatte. Überall auf dem Boden lagen Keksstückchen und die Scherben des großen blauen Tontopfs.

Kopfschüttelnd sammelte Anastasia die Scherben auf und warf sie in den Mülleimer. Plötzlich stand Sam unter der Tür.

„Mein Zug", jammerte er unter Tränen.

Anastasia nahm ihn in den Arm. „Mama und ich werden versuchen, ihn wieder zu reparieren, wenn das kleine Ungeheuer fort ist", tröstete sie ihn. „Im Moment ist es wichtiger, Nicky möglichst schnell wiederzufinden."

Auf der Treppe lagen mehrere Keksbrösel. Sie folgten ihnen und entdeckten Nicky im Schlafzimmer der Eltern, wo sie sich gerade mit Parfüm besprühte. Sie war in Frau Krupniks schönste Schuhe geschlüpft, die mit den hohen Absätzen.

Anastasia streckte die Hand aus, um ihr die Parfümflasche zu entreißen. Da biß Nicky sie kräftig in den Unterarm.

„Aua!“ brüllte Anastasia.

„Hab' dir doch gesagt, daß Nicky Coletti beißt“, sagte Sam mit düsterer Stimme.

Anastasia packte das Mädchen, legte es rücklings auf den Boden, entriß ihm die Parfümflasche und zog ihm die Schuhe ihrer Mutter aus. Nicky sprang rasch auf und rannte auf Strümpfen davon.

Mit einem gequälten Seufzer hob Anastasia Nickys kleine Lackschuhe auf, rieb sich die schmerzende Stelle am Unterarm und machte sich erneut an die Verfolgung.

Das Badezimmer war leer, aber die Klopapierrolle war heruntergerissen. Eine Schlange aus Klopapier wand sich durch das ganze Badezimmer. Der Inhalt der grünen Shampoo-Flasche war in die Badewanne gekippt worden.

„Die ist ja schneller als die Feuerwehr! Wo, glaubst du, ist sie jetzt?“ schimpfte Anastasia, während sie auf Sams Zimmer zustürmte. Sam hatte Mühe, auf seinen kleinen Beinchen mit ihr Schritt zu halten.

„Unsere Kindergärtnerin sagt immer, Nicky ist schneller als der Blitz“, sagte Sam.

In seinem Zimmer herrschte eine Stille, die nichts Gutes verhieß. Sie blieben unter der Tür stehen und schauten hinein. Sams Maltöpfchen waren offen, und seine Überdecke war mit blauer und grüner Farbe beschmiert.

Plötzlich hüpfte Nicky mit einem Satz aus dem Schrank, in dem sie sich versteckt hatte. Sie warf ein Matchboxauto nach ihnen. Anastasia stellte sich schützend vor Sam, und das Geschoß traf sie an der Schulter.

„Auuuu!“ brüllte sie zum zweiten Mal an diesem Tag. Sie packte Nicky um den Bauch, als diese an ihr vorbeiflitzen wollte. Nicky trat Anastasia gegen das Schienbein.

„Hab' dir doch gesagt, daß Nicky tritt“, murmelte Sam.

„Nicky“, zischte Anastasia, noch immer ohne sie loszulassen, „geh sofort hinunter. Deine Mutter will dich sprechen.“

Beleidigt entwand sich Nicky Anastasias Griff und marschierte in Richtung Treppe. Anastasia folgte ihr, während sie die schmerzende Stelle an ihrem Bein rieb.

„Da bist du ja, Nicky, du kleines Teufelchen“, sagte Shirley Coletti. „Wenn du etwas kaputtgemacht hast, sage ich es Papa, und der wird dich windelweich prügeln, wenn wir zu Hause sind.“ Sie wandte sich wieder an Anastasias Mutter. „Wo waren wir? Ach ja, mein wunderschöner neuer Teppichboden! Das ist etwas ganz anderes als diese alten Holzböden hier, die man ständig pflegen muß.“

Nicky büchste schon wieder aus.

„Sie rennt in dein Atelier, Mama“, rief Sam besorgt. „Und sie hat in den anderen Zimmern schon alles kaputtgemacht, oder fast alles.“

Frau Krupnik sprang auf und eilte ihrem kleinen Gast nach.

„Diese wilde Nicky“, sagte Shirley Coletti mit einem stolzen Lächeln zu Anastasia. „Sie ist hochgradig hyperaktiv. Der Kinderarzt hat gesagt, hyperaktive

Kinder seien wesentlich intelligenter als andere Kinder, wußtest du das?“

Als Frau Krupnik wieder auftauchte, hatte sie Nicky unter den Arm geklemmt. Das Kind schlug wie wild um sich und heulte zum Steinerweichen. Ohne viele Umstände setzte Frau Krupnik sie auf dem Schoß ihrer Mutter ab. Nicky drückte sich an ihre Mutter und warf Anastasia einen finsteren Blick zu.

Frau Coletti schnupperte. „Nicky, du hast Parfüm entdeckt, stimmt's? Du bist schon ein richtiges kleines Fräulein. Ist es von Avon?“ fragte sie Frau Krupnik.

„Nein, es heißt *Je reviens*“, erklärte Katherine Krupnik mit unheilvoller Stimme.

„Französisch, hm? Na ja, großartige Namen und nichts dahinter. Wissen Sie, Avon hat wirklich ganz tolle Parfüms, besonders die Blumendüfte. Und sie sind nicht so teuer wie das französische Zeug“, sagte Shirley Coletti.

„Anastasia“, sagte Frau Krupnik entnervt, „wärst du so lieb, Frau Coletti ihren Mantel zu bringen? Und Nicky ihren Schneeanzug?“

„Ich gehe schon“, antwortete Anastasia.

Myron Krupnik betrat das Haus durch die Hintertür und wischte sich über die Schulterklappen seiner dicken Jacke.

„Es fängt an zu schneien“, verkündete er. „Ich habe die Winterreifen gerade noch rechtzeitig aufziehen lassen.“

Seine Frau saugte gerade die Keksbrösel vom Küchenfußboden.

„Geh beiseite“, sagte sie, „du stehst mir im Weg.“

Anastasia, die am Spülbecken stand und das Teegeschirr spülte, bedachte ihren Vater mit einem erschöpften Blick.

„Grüß' dich", sagte sie.

„Wie geht's meinem alten Sam?" fragte Dr. Krupnik fröhlich.

Er beugte sich zu seinem Sohn herunter, der auf dem Boden kauerte und versuchte, seinen roten Waggon wieder zurechtzubiegen, und nahm ihn auf den Arm.

„Sollen wir Schneeflocken fangen gehen?"

Sam brach in Tränen aus. „Laß mich runter", wimmerte er.

„Oh", sagte sein Vater und stellte ihn auf den Boden. „Es gibt nichts Schöneres für einen gestreßten Ehemann und Vater als einen herzlichen Empfang im trauten Heim."

Damit erntete er nur vorwurfsvolle Blicke.

„Ich habe den Eindruck", sagte er langsam und bedächtig, „daß der Besuch kein besonders großer Erfolg war."

„Wo warst du?" fragte Frau Krupnik barsch. „Du hattest versprochen, hierzusein."

„Ich mußte an der Tankstelle endlos warten. Wir standen Schlange, weil plötzlich alle Welt Winterreifen wollte. Wieso? Ihr hättet mich doch nicht etwa gebraucht, oder? Um eine Frau und einen kleinen Jungen zu unterhalten?"

„Mädchen", sagte Sam.

„Ein Mädchen", korrigierte auch Anastasia.

„Ein Mädchen", sagte auch Frau Krupnik. „Eine dämliche, eingebildete, unerträgliche Frau und ein schreckliches, ungezogenes ..."

„... hyperaktives ..." ergänzte Anastasia.

„Hyperaktives Gör, richtig. O doch, wir hätten dich dringend gebraucht. Aber was ist? Die Ratte verläßt das sinkende Schiff!"

Dr. Krupnik hängte seine Jacke im Flur auf.

„Sam, bringst du deinem alten Papa ein Bier?“ fragte er.

Sam ging an den Kühlschrank.

„Jetzt erzähle mir alles in Ruhe, Katherine“, sagte Anastasias Vater.

„Ich gehe lieber in mein Zimmer“, sagte Anastasia. „Ich muß das nicht hören.“

„Kann ich mitkommen?“ fragte Sam.

„Klar.“

Vorsichtig gingen sie die erste Treppe hinauf, wobei sie trotz aller Umsicht etliche Kekskrümel zertraten. Sie kamen an Sams verschmiertem Zimmer und am Schlafzimmer der Eltern vorbei, wo es noch stark nach *Je reviens* roch.

„Ich weiß nicht, was schlimmer ist“, sagte Anastasia. „Ein Zimmer, in dem es nach französischem Parfüm, oder eines, in dem es nach Rennmäusen stinkt.“

Schließlich gelangten sie über eine weitere, schmale Treppe in Anastasias Turmzimmer.

„Ein Zimmer, in dem es nach Nicky Coletti stinkt, das ist das allerschlimmste“, sagte Sam voller Überzeugung.

„Du hast recht. Oh, NEIN!“ Anastasia blieb vor Schreck unter der Tür stehen. „Hier war sie auch!“

Anastasias Filzstifte lagen – ohne Deckel – im ganzen Zimmer verstreut. Neben dem Bett war die Tapete mit orangefarbenen Wellenlinien verschmiert, und der arme Freud hatte einen blauen Punkt auf der Spitze seiner krummen Nase.

Anastasia stürzte an ihr Goldfischglas. „Frank? Alles in Ordnung, Frank?“

Frank öffnete und schloß den Mund und blickte sehr ernst drein. Er schien soweit in Ordnung zu sein, aber nicht ganz so putzmunter wie gewöhnlich.

„Er steht unter Schock", sagte Anastasia betroffen. „Er hat ein Trauma erlitten."

„Anastasia", sagte Sam bestürzt. „Schau!" Er kniete neben dem Käfig.

Anastasia ging zu ihm. Der Riegel des Käfigdeckels war zurückgeschoben. Der Käfig war leer.

Wissenschaftliches Forschungsprojekt

Anastasia Krupnik
7. Klasse (Herr Sherman)

Am 13. Oktober habe ich zwei niedliche kleine Rennmäuse erstanden, die jetzt in einem Käfig in meinem Zimmer leben. Sie heißen Romeo und Julia und sind sehr lieb. Sie scheinen sich sehr zu mögen. Da sie als Mann und Frau zusammen im selben Käfig leben, denke ich, daß sie Junge zeugen werden. In meinem Buch über Rennmäuse steht, daß die Schwangerschaft fünfundzwanzig Tage dauert. Ich glaube, sie haben schon mit der Paarung begonnen, denn sie gehen sehr liebevoll miteinander um. Ich werde also den heutigen Tag als ERSTEN TAG zählen und sie in den nächsten vierundzwanzig Tagen genauestens beobachten. Am FÜNFUNDZWANZIGSTEN TAG müßten dann die Kleinen zur Welt kommen.
Dieses ist der Gegenstand meines wissenschaftlichen Forschungsprojekts.

Dritter Tag

Meine Rennmäuse haben sich noch nicht groß verändert. Sie liegen meist im Käfig und dösen vor sich hin. Beide sind ziemlich dick, weil sie ständig fressen. Sie ähneln Sonya Isaacsons Mutter, zumindest körperlich.

Stimmungsmäßig ähneln sie eher meiner Mutter. Sie sind meist mies drauf.

Dritter Tag (Fortsetzung)

Menschen mit schweren psychischen Störungen fällt es sehr schwer, Rennmäuse zu beobachten. Sie sind nämlich unfähig, sich auf etwas zu konzentrieren. Da ich selbst ebenfalls unter psychischen Störungen leide, stehe ich vor diesem großen Problem.

Im Rahmen meines Forschungsprojekts werde ich auch psychische Störungen zur Sprache bringen. Hier ein Beitrag zu diesem Thema von einem gewissen Herrn Freud:

„Die Trennung innerhalb der Psyche zwischen dem Bewußten und dem Unbewußten stellt die bedeutendste Prämisse der Psychoanalyse dar; und nur sie allein erlaubt es der Psychoanalyse, die pathologischen Prozesse der geistigen Vorgänge zu verstehen, die ebenso allgemeingültig wie wichtig sind, und ihnen einen gebührenden Platz im Gebäude der Wissenschaften zu sichern."

Fünfter Tag

Meine Rennmäuse haben vorzeitig Junge bekommen. Es hat nicht fünfundzwanzig, sondern nur fünf Tage gedauert.

Jetzt habe ich insgesamt elf Mäuse. Sie heißen: Romeo, Julia, Superman, Penny, Dicky, Doofy, Charly, Alf, Doc, Schneewittchen und Prinz.

Ich habe auch einen Psychotherapeuten. Er heißt Freud. Er ist schon tot. Aber das ist nicht weiter schlimm, weil es bei manchen Therapeuten ganz egal ist, ob sie tot sind oder noch leben.

Fünfundzwanzigster Tag

Ich habe seit längerem nichts mehr geschrieben, weil ich sehr erschöpft war. Vermutlich leide ich an Schwindsucht. Die Menschen, zu denen ich in einer Abhängigkeitsbeziehung stehe, zeigen keinerlei Mitgefühl für einen kranken Mitmenschen, wie ich zu meinem großen Kummer feststellen mußte.

Folgendes sagt mein Therapeut zum Punkt ‚Abhängigkeitsbeziehungen':

„... die Genese des Über-Ichs im frühen, triebhaften Besitzstreben des Es', im Ödipuskomplex, hat noch eine weiterreichende Bedeutung. Diese Genese bringt es, wie bereits gezeigt, in Beziehung mit dem phylogenetisch Erworbenen des Es', was zu einer Wiederbelebung der frühen Ich-Strukturen führt, welche ihre Spuren im Es hinterlassen haben."

Um meine Rennmäuse auf wissenschaftlich korrekte Weise unterscheiden zu können, habe ich ihnen verschiedenfarbige Punkte auf die Stirn gemalt.

rot – Romeo
blau – Julia
gelb – Superman
grün – Doofy
orange – Alf
violett – Doc
braun – Charly
schwarz – Penny
rosa – Dicky
türkis – Schneewittchen
weiß – Prinz

Dank dieser Kennzeichnung werde ich sie in Zukunft besser auseinanderhalten können, zum Beispiel, falls eine Maus wieder Junge bekommt.
Damit ich auch meinen Therapeuten jederzeit erkenne, habe ich ihm einen dicken *lila* Punkt auf die Stirn gemalt. (Zum Glück besteht keinerlei Gefahr, daß mein Therapeut jemals Junge bekommt.)

Neunundzwanzigster Tag
Meine Rennmäuse sind verschwunden.
In meinem Handbuch über Rennmäuse steht folgendes: „Wenn Rennmäuse bei ihrer Flucht aus dem Käfig erschreckt wurden, ist es ratsam, sich ganz ruhig und regungslos in die Mitte des Zimmers zu setzen. Dann kommen sie nach einiger Zeit von selbst aus ihrem Versteck."
Mein Assistent Sam und ich saßen eine volle Stunde lang völlig ruhig und regungslos in der Mitte meines Zimmers. Mein Assistent ist während des Wartens sogar eingeschlafen. Aber bisher ist noch keine einzige Maus wieder aufgetaucht.
Ich habe den starken Verdacht, daß sich die elf Mäuse im ganzen Haus herumtreiben. Und falls meine arme Mutter auch nur eine einzige davon zu Gesicht bekommt, erleidet sie höchstwahrscheinlich einen Nervenzusammenbruch.
Meine Mutter weiß nicht, daß ich mittlerweile elf Mäuse besitze.
Mein Therapeut hilft mir kein bißchen. Er hat im Moment eigene Probleme: ein unglückseliges Menschenwesen hat ihm seine Nasenspitze blau angemalt.

Sieben

„Myron", sagte Frau Krupnik eines Abends beim Essen, etwa einen Monat später, „ich glaube, ich muß zum Augenarzt. Wahrscheinlich brauche ich eine Brille."

„Wirklich? Das wundert mich. Du hast doch immer ganz ausgezeichnet gesehen. Ich habe es immer bedauert, daß Anastasia statt deiner Adleraugen meine Fehlsichtigkeit geerbt hat."

„Mach dir nichts draus, Papa", tröstete ihn Anastasia. „Es macht mir nichts aus, eine Brille zu tragen. Früher habe ich immer gedacht, ich würde mir Kontaktlinsen kaufen, wenn ich groß bin. Aber inzwischen bin ich der Meinung, daß ich mit Brille irgendwie gebildet aussehe. Ich sehe gern gebildet aus."

Frau Krupnik, die am anderen Ende des Tisches saß, pickte etwas weißes Hähnchenfleisch auf ihre Gabelspitze und betrachtete es konzentriert. „Ich sehe gut. Ich kann dieses Fleischstück genau sehen."

„Und die Sachen dort hinten in der Ecke, siehst du die auch gut?" fragte Anastasia. „Ich zum Beispiel könnte ohne Brille nicht sagen, ob das Bild dort eine Landschaft oder ein Stilleben darstellt."

Ihre Mutter betrachtete das besagte Gemälde. „Ich sehe es sehr deutlich", sagte sie.

„Warum glaubst du dann, daß du eine Brille brauchst?"

„Es ist komisch. Aber es fällt mir schon seit einigen Wochen auf. Manchmal sehe ich, mehr aus den Augenwinkeln – ich glaube, es hat etwas mit dem peripheren Sehen zu tun –, daß sich etwas bewegt. Es ist nur ein flüchtiger Eindruck, der Eindruck einer raschen Bewegung. Und wenn ich dann genauer hinschaue, ist nichts zu sehen."

„Vielleicht ist es Migräne", sagte Dr. Krupnik. „Bei manchen Leuten führt Migräne zu solchen Erscheinungen."

„Vielleicht ist es auch Penny", sagte Sam. Anastasia warf ihm einen warnenden Blick zu.

Ihre Mutter lachte. „Aber nein, das ist doch nicht peinlich, Sam. Ich glaube wirklich, ich sollte mich untersuchen lassen."

„Sam", sagte Anastasia später, unter vier Augen, „denk daran, daß du die Mäuse vor Mama unter keinen Umständen erwähnen darfst!"

„Ich weiß", sagte Sam seufzend. „Hab' ich vergessen. Aber bestimmt hat sie Penny gesehen, ganz bestimmt. Oder Superman oder Doc oder Romeo."

„Oder Alf. Den haben wir auch noch nicht aufgetrieben."

„Stimmt, der doofe alte Alf."

Noch immer fehlten fünf Rennmäuse. Es war ein frustrierender Monat gewesen.

Zuerst hatten sie Schneewittchen entdeckt, gleich am Tag nach Nicky Colettis Besuch. Schneewittchen hatte sich im Schrank in einem von Anastasias Turnschuhen eingenistet. Neugierig wie sie war, hatte sie den Kopf herausgestreckt, als Anastasia die Schranktür geöffnet hatte, um einen Pulli herauszuholen, und da war es mit ihrer Freiheit natürlich vorbei gewesen.

Zwei Tage später hatte Sam Charly in seinem Kohlewaggon entdeckt.

Zwei Wochen danach hatte Anastasia den armen Doofy mit dem Staubsauger verschluckt, als sie die übliche Zimmerreinigung vorgenommen hatte. Das Ganze war so rasch vor sich gegangen, daß sie nicht einmal den Motor ausschalten konnte; die Maus hatte sich unter dem Bett versteckt und war aufgesaugt worden. Voller Entsetzen hatte Anastasia natürlich gleich den Staubsauger geöffnet und die kleine Maus, inmitten der Staubknäuel, im Staubbeutel entdeckt. Sie hatte befürchtet, sie wäre tot. Aber während sie einen Sarg in der passenden Größe gesucht hatte, hatte Doofy die Augen wieder geöffnet. Hätte sie ihn nicht blitzschnell gepackt, wäre er garantiert ein zweites Mal geflohen.

Am folgenden Tag war Sam auf Julia gestoßen, die seelenruhig in der Küche saß und Reis-Crispies futterte. Zum Glück war Mutter in diesem Moment nicht in der Küche gewesen!

Dicky schließlich war eine Woche später aufgetaucht. Er saß in einem Haufen schmutziger Wäsche, den Anastasia von ihrem Zimmer in die Waschküche getragen hatte. Der Mistkerl hatte ein Loch in den Ärmel ihres Lieblings-T-Shirts genagt!

Prinz war erst am Tag zuvor wieder aufgetaucht. Er saß unter einer Topfpflanze im Wohnzimmer und nagte genüßlich an den Blättern von Mutters Lieblings-Begonie.

Aber noch immer fehlten fünf Mäuse. Anastasia fragte sich, ob sie nicht längst verhungert waren. Als sie erkannte, daß ihr das im Grunde piepsegal war, bekam sie ein schlechtes Gewissen.

Ihr Therapeut war ihr in diesem Punkt absolut keine Hilfe. Selbst wenn Anastasia in größter Not und Verzweiflung war, beschränkte er sich darauf, gelassen zu grinsen. Daß die Mäuse verschwunden waren, schien ihn absolut kalt zu lassen.

Dabei hätte er allen Grund gehabt, sich für die Sache

zu interessieren – für den Fall nämlich, daß Frau Krupnik einen Nervenzusammenbruch erleiden würde; und das wäre garantiert der Fall, wenn sie erfahren würde, daß fünf Rennmäuse frei in ihrem Haus herumliefen.

„Mama", fragte Anastasia später beim Nachtisch, „passiert dir das mit deinen Sehstörungen nur in bestimmten Räumen?"

Ihre Mutter überlegte. „Daran habe ich noch nicht gedacht. Aber ich erinnere mich, daß es mir neulich im Atelier passiert ist. Eigentlich schon öfters. Ich war mitten bei der Arbeit, und plötzlich sah ich so etwas wie eine Bewegung – wie wenn etwas an mir vorbeiflitzen würde."

„Das muß an den Lichtverhältnissen liegen, Katherine", sagte Dr. Krupnik. „Das Licht ist dort recht intensiv, besonders um diese Jahreszeit, weil die Bäume kein Laub mehr haben. Ich glaube, es war ein Migräneanfall. Intensive Lichtbestrahlung verschlimmert Migräne."

„Welchen Tag haben wir heute?" fragte Anastasia. „Mittwoch?"

„Ja", sagte ihr Vater. „Heute ist Mutter mit dem Spülen dran."

„Mama, kann ich, während du Geschirr spülst, dein Atelier benutzen? Ich will ein paar Entwürfe für mein Projekt zeichnen."

Ihre Mutter erstarrte. „Ja, aber nur unter der Bedingung, daß du nicht nach lebenden Vorlagen zeichnest, Anastasia", sagte sie streng. „Ich lasse es nicht zu, daß diese gräßlichen Tiere auch nur einen Fuß in mein Atelier setzen."

„Ich verspreche dir, Mama, daß ich kein lebendes Tier in dein Atelier mitnehme", sagte Anastasia, ohne zu lügen.

Sam grinste. „Penny“, murmelte er leise. „Ich glaube, es ist Penny.“

Es war nicht Penny. Es waren Romeo und Doc. Als Anastasia das Licht anmachte, sah sie die beiden friedlich Seite an Seite auf dem Tisch sitzen und an einem Bleistift knabbern.

Sie erkannte sie an dem roten und dem violetten Punkt. Vom plötzlichen Licht überrascht, hoben sie die Köpfe und wandten sich blitzartig um, um zu fliehen. Aber Anastasia war schneller. Sie schnappte sich den Obstkorb, den ihre Mutter für ein Stilleben gebraucht hatte, warf die drei Birnen und die Banane auf den Boden und stülpte den Korb über die beiden Mäuse. Nun saßen sie in der Falle!

Sobald sie die beiden Mäuse in einer Hand hielt, legte sie die Früchte in den Korb zurück, löschte das Licht und verließ das Atelier. Im Flur stieß sie auf ihren Vater, der gerade aus seinem Arbeitszimmer kam.

„Bist du schon fertig?“ fragte er. „Das ging aber flott.“

Anastasia verbarg schuldbewußt die Hand auf dem Rücken. „Für heute bin ich fertig“, sagte sie wahrheitsgemäß.

Er zögerte. „Anastasia, ich würde dich gerne unter vier Augen sprechen“, sagte er. „Hast du eine Minute Zeit?“

„Natürlich“, sagte sie betont forsch, die Hand noch immer auf ihrem Rücken. Plötzlich wurde ihre Hand feucht. Verflixt, eine der Mäuse hatte gepinkelt. „Ich muß nur noch schnell in mein Zimmer.“

„Gut, dann hol' ich mir solange einen Kaffee“, sagte ihr Vater. „Wir sehen uns dann gleich in meinem Arbeitszimmer.“

Anastasia trug die Mäuse in ihr Zimmer und steckte sie in den Käfig. Dann zählte sie nach.

Acht hatte sie wiedergefunden. Es fehlten also noch drei.

Sie ging ins Bad, um sich die Hände zu waschen. Igitt, Mäusepisse, wie widerlich, dachte sie. Was ich nicht alles erdulden muß, einfach unglaublich! Nahm das Elend denn kein Ende?

Sam kam am Badezimmer vorbeimarschiert und spähte herein.

„Und, hast du ihn gefunden?" fragte er. „Es war Penny, hatte ich recht?"

„Es waren Romeo und Doc", antwortete Anastasia mit einer Grimasse. „Und einer von ihnen ist ein richtiges Ferkel. Ich glaube, es war Romeo. Sie hat nicht das mindeste Maß an Selbstkontrolle."

„Also, Paps, was gibt's?" sagte Anastasia. „Worüber willst du mit mir reden?"

Er schien sich nicht wohl in seiner Haut zu fühlen. „Es ist mir irgendwie peinlich ..." begann er.

Anastasia wunderte sich. „Du willst mir doch nicht noch einmal erklären, woher die kleinen Kinder kommen, oder?" stöhnte sie. „Das habt ihr doch schon vor einer Ewigkeit hinter euch gebracht."

Mit einem Lachen zündete er sich seine Pfeife an. „Nein. Es ist ein Problem, das nur mich alleine betrifft, und ich möchte nicht, daß Mama etwas davon erfährt."

„Wow! Du und Mama, ihr habt doch keine Geheimnisse voreinander!"

„Normalerweise nicht", mußte er zugeben. „Aber du weißt ja, daß deine Mutter wegen diesem Coletti-Kind noch etwas durcheinander ist. Ich möchte sie nicht damit belasten, denn es geht um etwas sehr

Merkwürdiges. Das würde sie im Moment nicht verkraften."

Er hat eine Geliebte, dachte Anastasia im ersten Moment. Mein Vater hat eine Geliebte. Er hat sich in eine seiner Studentinnen verknallt: ein süßes, junges Ding mit großen Augen und Kreolen an den Ohren, und jetzt planen sie, gemeinsam durchzubrennen und fortan als Vegetarier zu leben, womöglich einer komischen Sekte beizutreten, und vielleicht wird er sogar seine Stereoanlage mitnehmen ...

„Nun, vielleicht verkrafte ich es auch nicht!" zischte sie wütend. „Ist dir dieser Gedanke etwa noch nicht gekommen?"

Ihr Vater schien sie nicht gehört zu haben. „Neulich lief doch dieser Film – du erinnerst dich bestimmt noch daran", sagte er.

Anastasia überlegte, ob sie neulich einen Film gesehen hatte, in dem ein älterer Mann mit einer jungen Vegetarierin durchgebrannt war.

„Die unverheiratete Frau?" fragte sie mißtrauisch.

„Nein", sagte er. „Er hieß *Poltergeist*."

Er hat keine Geliebte, dachte Anastasia erleichtert. Dachte ich es mir doch gleich! Nicht mein guter alter Paps! Sie entspannte sich wieder. „Ich fand *Poltergeist* blöd", sagte sie.

„Ich auch. Und ich habe nie an diese Sachen geglaubt – daß Geister Dinge bewegen oder gar zerbrechen können."

„Völliger Schwachsinn", gab Anastasia ihm recht.

„Genau. Das habe ich bisher auch gedacht. Aber, Anastasia, ich fürchte, jetzt habe ich einen."

„Einen was? Einen POLTERGEIST?"

Ihr Vater nickte. „Jawohl, einen Poltergeist. Hier in meinem Arbeitszimmer!"

Anastasia ließ ihren Blick durch das Arbeitszimmer

schweifen, ihr Lieblingszimmer im ganzen Haus, abgesehen von ihrem eigenen Zimmer – das sie neuerdings haßte, da es darin fürchterlich nach Rennmäusen stank. An allen freien Wänden im Arbeitszimmer ihres Vaters waren Regale voller Bücher. Außerdem befanden sich hier noch der offene Kamin, ein großer Schreibtisch und die bequeme Couch mit den bunten Kissen. An den Wänden hingen einige Gemälde ihrer Mutter.

„Hier?" fragte sie erstaunt.

Er zog an seiner Pfeife, blickte sich um und erschauerte. „Ich weiß. Es klingt lächerlich. Aber in letzter Zeit bewegen sich hier die Gegenstände, genau wie in diesem Film. Heute, am späten Nachmittag, als ich am Schreibtisch saß und Arbeiten korrigierte, hörte ich plötzlich ein metallisches Geräusch."

„Ein metallisches Geräusch?"

„Ja. Und als ich aufblickte, schaukelte mein Radkappen-Aschenbecher hin und her. Irgend etwas oder irgendwer muß ihn angestoßen haben."

Beide starrten wortlos auf die Radkappe.

„Und es war nicht das erste Mal. Die Radkappe bewegt sich, und wenn ich dann hinschaue, ist nichts zu sehen. Anfangs habe ich gedacht, Sam würde sich hinter der Couch verstecken und mir einen Streich spielen. Aber er ist es nicht. Außer mir befindet sich niemand im Raum, wenn diese unheimlichen Dinge passieren."

Er seufzte gequält. „Und einmal", fuhr er fort, „hat sich ein Buch bewegt. Dort oben im Regal. Und ich habe es genau gesehen, Anastasia. Es schob sich plötzlich um mindestens einen Zentimeter nach vorne. Schau, ich habe es genau so gelassen. Siehst du, daß dieses eine Buch dort oben nicht genau in der Reihe steht?" Er zeigte mit dem Finger darauf.

Anastasia blickte in die angegebene Richtung und grinste plötzlich. „Es ist Alf", sagte sie erleichtert.

„Unsinn", widersprach ihr Vater, „es ist Hemingway."

Aus den Augenwinkeln sah Anastasia plötzlich etwas Winziges vom Schreibtisch zur Couch flitzen.

„Paps", flüsterte sie, „beweg dich jetzt nicht!"

Er erstarrte vor Schreck.

Langsam und lautlos schlich Anastasia sich an die Couch und griff dann blitzschnell zu. Und schon hatte sie einen wild mit dem Schwanz wedelnden Alf in der Hand, der sich hinter einem Couchfuß versteckt hatte. „Hier ist dein Poltergeist, Papa!"

Ihr Vater rückte seine Brille zurecht und blickte ungläubig auf den sich windenden Alf.

„Eine Rennmaus", sagte er überrascht. „Ich dachte, deine beiden Mäuse wären stets in deinem Zimmer, Anastasia. Und warum hat sie einen orangefarbenen Punkt am Kopf?"

Anastasia seufzte. „Papilein", sagte sie, „ich muß dir etwas beichten. Aber du mußt mir versprechen, daß du Mama kein Wort davon verrätst!"

„Du hast vollkommen recht, Anastasia", sagte ihr Vater, während er den abgebrannten Pfeifentabak in seine Radkappe klopfte, „wir dürfen deiner Mutter nichts davon sagen. Wie viele fehlen noch, sagtest du?"

„Jetzt, wo ich Alf habe, nur noch zwei."

Die Tür des Arbeitszimmers wurde leise aufgeschoben. „Komm nicht herein, Mama", rief Anastasia hastig und hielt Alf auf ihren Rücken. „Papa und ich haben eine sehr private Unterhaltung."

„Ich bin's", flüsterte Sam und streckte seinen Kopf zur Tür herein. „Penny und Superman!"

„Was, du spielst um diese Zeit Superman?“ sagte sein Vater. „Komm, ich bringe dich wieder zu Bett.“

„Nein, schaut!“ Sam zögerte. „Darf ich sie Papa zeigen?“

Anastasia nickte schmunzelnd.

Sam streckte seine beiden Patschhändchen aus, und aus jeder baumelte ein Schwänzchen. „In meinen Hausschuhen“, sagte er. „Ich habe sie in meinen Hausschuhen entdeckt!“

Wissenschaftliches Forschungsprojekt

Anastasia Krupnik
7. Klasse (Herr Sherman)

Am 13. Oktober habe ich zwei niedliche kleine Rennmäuse erstanden, die jetzt in einem Käfig in meinem Zimmer leben. Sie heißen Romeo und Julia und sind sehr lieb. Sie scheinen sich sehr zu mögen. Da sie als Mann und Frau zusammen im selben Käfig leben, denke ich, daß sie Junge zeugen werden. In meinem Buch über Rennmäuse steht, daß die Schwangerschaft fünfundzwanzig Tage dauert. Ich glaube, sie haben schon mit der Paarung begonnen, denn sie gehen sehr liebevoll miteinander um. Ich werde also den heutigen Tag als ERSTEN TAG zählen und sie in den nächsten vierundzwanzig Tagen genauestens beobachten. Am FÜNFUNDZWANZIGSTEN TAG müßten dann die Kleinen zur Welt kommen.
Dieses ist der Gegenstand meines wissenschaftlichen Forschungsprojekts.

Dritter Tag

Meine Rennmäuse haben sich noch nicht groß verändert. Sie liegen meist im Käfig und dösen vor sich hin. Beide sind ziemlich dick, weil sie ständig fressen. Sie ähneln Sonya Isaacsons Mutter, zumindest körperlich. Stimmungsmäßig ähneln sie eher meiner Mutter. Sie sind meist mies drauf.

Dritter Tag (Fortsetzung)

Menschen mit schweren psychischen Störungen fällt es sehr schwer, Rennmäuse zu beobachten. Sie sind nämlich unfähig, sich auf etwas zu konzentrieren. Da ich selbst ebenfalls unter psychischen Störungen leide, stehe ich vor diesem großen Problem.

Im Rahmen meines Forschungsprojekts werde ich auch psychische Störungen zur Sprache bringen. Hier ein Beitrag zu diesem Thema von einem gewissen Herrn Freud:

„Die Trennung innerhalb der Psyche zwischen dem Bewußten und dem Unbewußten stellt die bedeutendste Prämisse der Psychoanalyse dar; und nur sie allein erlaubt es der Psychoanalyse, die pathologischen Prozesse der geistigen Vorgänge zu verstehen, die ebenso allgemeingültig wie wichtig sind, und ihnen einen gebührenden Platz im Gebäude der Wissenschaften zu sichern."

Fünfter Tag

Meine Rennmäuse haben vorzeitig Junge bekommen. Es hat nicht fünfundzwanzig, sondern nur fünf Tage gedauert.

Jetzt habe ich insgesamt elf Mäuse. Sie heißen: Romeo, Julia, Superman, Penny, Dicky, Doofy, Charly, Alf, Doc, Schneewittchen und Prinz.

Ich habe auch einen Psychotherapeuten. Er heißt Freud. Er ist schon tot. Aber das ist nicht weiter schlimm, weil es bei manchen Therapeuten ganz egal ist, ob sie tot sind oder noch leben.

Fünfundzwanzigster Tag

Ich habe seit längerem nichts mehr geschrieben, weil ich sehr erschöpft war. Vermutlich leide ich an Schwindsucht. Die Menschen, zu denen ich in einer Abhängigkeitsbeziehung stehe, zeigen keinerlei Mitgefühl für einen kranken Mitmenschen, wie ich zu meinem großen Kummer feststellen mußte.

Folgendes sagt mein Therapeut zum Punkt ‚Abhängigkeitsbeziehungen':

„... *die Genese des Über-Ichs im frühen, triebhaften Besitzstreben des Es', im Ödipuskomplex, hat noch eine weiterreichende Bedeutung. Diese Genese bringt es, wie bereits gezeigt, in Beziehung mit dem phylogenetisch Erworbenen des Es', was zu einer Wiederbelebung der frühen Ich-Strukturen führt, welche ihre Spuren im Es hinterlassen haben.*"

Um meine Rennmäuse auf wissenschaftlich korrekte Weise unterscheiden zu können, habe ich ihnen verschiedenfarbige Punkte auf die Stirn gemalt.

rot – Romeo
blau – Julia
gelb – Superman
grün – Doofy
orange – Alf
violett – Doc
braun – Charly
schwarz – Penny
rosa – Dicky
türkis – Schneewittchen
weiß – Prinz

Dank dieser Kennzeichnung werde ich sie in Zukunft besser auseinanderhalten können, zum Beispiel, falls eine Maus wieder Junge bekommt.
Damit ich auch meinen Therapeuten jederzeit erkenne, habe ich ihm einen dicken *lila* Punkt auf die Stirn gemalt. (Zum Glück besteht keinerlei Gefahr, daß mein Therapeut jemals Junge bekommt.)

Neunundzwanzigster Tag
Meine Rennmäuse sind verschwunden.
In meinem Handbuch über Rennmäuse steht folgendes: „Wenn Rennmäuse bei ihrer Flucht aus dem Käfig erschreckt wurden, ist es ratsam, sich ganz ruhig und regungslos in die Mitte des Zimmers zu setzen. Dann kommen sie nach einiger Zeit von selbst aus ihrem Versteck."
Mein Assistent Sam und ich saßen eine volle Stunde lang völlig ruhig und regungslos in der Mitte meines Zimmers. Mein Assistent ist während des Wartens sogar eingeschlafen. Aber bisher ist noch keine einzige Maus wieder aufgetaucht.
Ich habe den starken Verdacht, daß sich die elf Mäuse im ganzen Haus herumtreiben. Und falls meine arme Mutter auch nur eine einzige davon zu Gesicht bekommt, erleidet sie höchstwahrscheinlich einen Nervenzusammenbruch.
Meine Mutter weiß nicht, daß ich mittlerweile elf Mäuse besitze.
Mein Therapeut hilft mir kein bißchen. Er hat im Moment eigene Probleme: ein unglückseliges Menschenwesen hat ihm seine Nasenspitze blau angemalt.

Neunundfünfzigster Tag
Ich habe lange nicht mehr an meinem Forschungsprojekt gearbeitet, weil ich extreme psychische Störungen hatte.

Ich bin zu der wissenschaftlichen Erkenntnis gelangt, daß Rennmäuse extreme psychische Störungen auslösen können.
Meine Rennmäuse sind alle eingefangen und sitzen wieder in ihrem Käfig. Hier die Umstände, unter denen sie entdeckt wurden:

Romeo (rot) – im Atelier, an einem Bleistift knabbernd
Doc (violett) – im Atelier, an einem Bleistift knabbernd
Julia (blau) – in der Küche, Reis-Crispies fressend
Dicky (rosa) – in der Wäsche, mein T-Shirt anknabbernd
Doofy (grün) – im Inneren des Staubsaugers
Charly (braun) – im Kohlewaggon des Haferflockenzugs
Superman (gelb) – im linken Hausschuh meines Bruders
Penny (schwarz) – im rechten Hausschuh meines Bruders
Alf (orange) – als Poltergeist im Arbeitszimmer
Schneewittchen (türkis) – in meinem Turnschuh im Schrank
Prinz (weiß) – in einem Blumentopf, Begonien anknabbernd

Die Rennmäuse alle wieder aufzutreiben, war eine regelrecht traumatische Erfahrung für mich.
Mein nächstes wissenschaftliches Forschungsprojekt befaßt sich mit der Frage, wie man Rennmäuse wieder los wird. Ich werde mit aller Kraft daran arbeiten.

„Sigmund“, sagte Anastasia, nachdem sie sich zum fünfzehnten Mal vergewissert hatte, daß der Riegel des Käfigs zugeschoben war, „Sie waren mir in dieser Sache wahrlich keine große Hilfe.“

Vorwurfsvoll blickte sie ihn an. Komisch, er schien gar nicht mehr zu lächeln. Streng blickte er zurück.

„Sigmund, ist was?“ fragte sie.

Anastasia stand auf und ging zu Freuds Büste hinüber. Die leicht nach oben gezogenen Linien, die sie ihm an die Mundwinkel gemalt hatte, waren verblaßt, und er hatte wieder seine alte Lippenform, die ihn ernst und mürrisch aussehen ließ.

Sie griff nach dem schwarzen Filzstift, um ihn wieder zum Lächeln zu bringen. Doch dann zögerte sie.

„Vielleicht ist es doch nicht so toll, einen Therapeuten zu haben, der immer mit allem was ich sage einverstanden ist und nur lächelt", erklärte sie der Gipsbüste. „Was meinen Sie?"

Er blickte sie streng an.

„Schon gut, schon gut, regen Sie sich wieder ab", knurrte Anastasia. Sie ging zu ihrem Bett, legte sich darauf und starrte an die Decke.

„Was würden Sie tun, Sigmund, wenn Sie elf stinkende Rennmäuse loswerden wollten?"

Fragend blickte sie zu ihm hinüber. Er schien die Stirn zu runzeln.

„Ich weiß, was Sie tun würden", sagte sie. „Sie würden sie wahrscheinlich jemandem schenken, den Sie hassen. Sie sehen so aus, als würden Sie etliche Leute hassen!"

„Aber ich hasse niemanden so sehr", sagte Anastasia seufzend. „Früher haßte ich meine Eltern. Aber das ist schon ein paar Wochen her. Inzwischen hasse ich sie nicht mehr."

Sie dachte nach. „Ich mag sie wieder. Mein Vater reagierte echt cool, als ich ihm die Sachen mit den entlaufenen Mäusen erzählt habe. Ich nehme an, die Therapiestunden bei Ihnen haben mir dabei geholfen, mit meinen Eltern wieder klarzukommen."

Anastasia gähnte. „Und dann ging es ja auch um die Hormone. Aber ich glaube, meine Hormone sind plötzlich weg."

„Zuerst sind die Mäuse verschwunden", erklärte sie Freud mit einem erneuten Gähnen, „dann die Hormone. Das Leben ist wie eine Wundertüte – voller Überraschungen."

Acht

In Begleitung von Meredith, Sonya und Daphne ging Anastasia nach der Schule nach Hause.

„Habt ihr eine Idee, was wir dieses Wochenende machen könnten?“ fragte sie ihre Freundinnen. „Wie wär's mit Kino?“

„Ich schaue lieber bei McDonald's vorbei“, sagte Daphne. „Der Typ aus der Neunten – Eddie Wolf – arbeitet dort am Wochenende. Ein echt starker Typ!“

„DAPHNE“, sagte Anastasia mürrisch. „Du gehst mir voll auf den Keks. Du hast nichts anderes mehr im Kopf als Jungen.“

„Ich hab's dir doch schon erklärt“, sagte Sonya, „Phase zwei der Pubertät. Völlig normal.“

„Mag sein, aber ich find's nur öde“, sagte Anastasia.

Meredith formte einen Schneeball und warf ihn an einen Baum. „Wißt ihr was“, sagte sie. „Ich finde es nicht öde. Ich glaube, ich komme auch gerade in Phase zwei. Ich gehe mit dir zu McDonald's, Daph.“

„Ohne mich“, erklärte Sonya mit Entschiedenheit. „Ich muß noch etwas für mein Forschungsprojekt tun. In drei Wochen müssen wir abgeben.“

Anastasia kickte gegen einen Schneehaufen. „Meines ist fast fertig, aber es ist nichts geworden. Ich wette, ich kriege 'ne Sechs dafür.“

„Du kannst keine Sechs bekommen“, sagte Daphne. „Die Sachen werden doch nicht benotet. Sie sind freiwillig. Ich hab' gar nichts gemacht. Für so etwas habe ich keine Zeit!“

„Klar, du rennst ja auch ständig Jungen nach", sagte Anastasia. „Hier müssen wir uns trennen", fügte sie hinzu. „Falls eine von euch mit mir ins Kino will – Anruf genügt!" Sie winkte ihren Freundinnen zum Abschied zu und bog in ihre Straße ein.

„Hallo, Anastasia!" begrüßte Sam sie freudig, als sie durch die Hintertür trat. „Rate mal, was passiert ist! Nicky Coletti war heute nicht im Kindergarten. Keiner hat mir die Würfel weggenommen!"

Anastasia hängte ihre Jacke an die Garderobe. Sie setzte sich, um ihre Snowboots auszuziehen. „Wie schön für dich, Sam. Hallo, Mami. Wie war dein Tag?"

Ihre Mutter stand an der Spüle und schälte Kartoffeln. Sie drehte ihr den Rücken zu. „Schrecklich", antwortete sie, ohne sich umzudrehen.

Na super, dachte Anastasia. Ihre Mutter hatte schlechte Laune. Am besten, sie achtete gar nicht darauf, dann würde es wieder vergehen.

„Oje!" rief Sam. „Ich hab' fast was vergessen. Meine Kindergartenleiterin hat allen einen Zettel mitgegeben. Da ist er!" Er griff in die Tasche seiner Jeans und zog ein Stück Papier heraus.

Frau Krupnik wandte den Kopf. Ihr Gesichtsausdruck sprach Bände. „Ich habe nasse Hände", sagte sie. „Lies es mir vor, Anastasia."

Anastasia faltete den Zettel auf und las laut vor.

„Liebe Eltern, die kleine Nicky Coletti hatte leider einen Unfall und wird die nächsten sechs Wochen nicht in den Kindergarten kommen können, da sie beide Beine gebrochen hat. Ich bin sicher, daß sich die kleine Nicky und ihre Familie über Genesungswünsche oder kleine Aufmerksamkeiten freuen würden."

Anastasia blickte auf. „Dann steht da noch die Adresse von den Colettis", fügte sie hinzu.

Sam grinste über beide Backen. „Sechs Wochen?"

rief er begeistert. „Sechs Wochen lang habe ich meine Ruhe vor ihr?"

„Hört sich ganz so an", sagte Anastasia. „Ich würde zu gern wissen, wobei sie sich die Beine gebrochen hat."

„Wahrscheinlich hat sie jemanden getreten", vermutete Sam.

„Vielleicht ist sie auch irgendwo hochgeklettert, um einen Kekstopf kaputtzumachen", sagte Frau Krupnik, die Nicky die Sache mit ihrem heißgeliebten blauen Tontopf noch längst nicht verziehen hatte.

„Ich wette, ihr Vater ist ein Mafioso", sagte Anastasia. „Und irgendwann ist ihm die Hand ausgerutscht, und er hat ihr beide Beine gebrochen."

„Du meine Güte, wir sind schrecklich", sagte Frau Krupnik und wischte sich die Hände ab. „Es ist schlimm, wenn ein Kind verunglückt. Vielleicht sollten wir den Colettis eine Karte schicken."

„Ein Geschenk", sagte Sam. „Ich schicke dem gemeinen, dicken, miesen Fiesling Nicky Coletti ein Geschenk. Ich schicke ihr einen Hundepupser!"

„Sam", rief seine Mutter tadelnd, „das ist nicht schön von dir."

Sam zog einen Flunsch. „O doch", flüsterte er trotzig. „Ich schicke ihr ein riesiges Paket mit lauter stinkenden Hundepupsern."

Frau Krupnik setzte wieder ihren zornigen Gesichtsausdruck auf. „Hört mal her, ihr beiden", sagte sie streng. „Ich habe auf dich gewartet, Anastasia. Es geht um eine Sache, die ich mit euch beiden besprechen muß."

Sie griff ins Regal neben der Spüle und zog ein gefaltetes Stück Papier heraus. „Das fand ich heute morgen in Papas Arbeitszimmer. Ich möchte eine Erklärung. Und keine scheinheiligen Ausreden oder

Ausflüchte! Was steckt dahinter? Ich möchte es AUF DER STELLE wissen!"

Seufzend ließ Anastasia sich auf den nächstbesten Stuhl fallen. Sie hatte keine Ahnung, worum es ging. Sie hatte das besagte Stück Papier noch nie gesehen.

Aber Sam offenbar schon. Er starrte es mit großen Augen an und schluckte. „Uh ... oh", stammelte er betreten.

Anklagend hielt Frau Krupnik Anastasia das Stück Papier vor die Nase. Es war mit Schreibmaschine beschrieben und stammte ganz eindeutig von Sam, denn die Großbuchstaben fehlten und die Zeilenabstände waren unregelmäßig.

Von bösen Vorahnungen gepackt, begann Anastasia zu lesen:

rennmäuse!
rennmäuse * rennmäuse * rennmäuse*
rennmäuse * rennmäuse*
1 2 3 4 5 6 7 8 9 10 11 rennmäuse
lauft rennmäuse lauft * fort sind sie
meine rennmäuse meine 11 rennmäuse oh sam
krupnik hilfe!!!!!
sucht die rennmäuse!!! sie verstecken
sich!
überall!!! 11 rennmäuse rennen durch das
haus hilfe! hilfe! in welchem zimmer
stecken sie
wo sind die rennmäuse
11 kleine süsse rennmäuse überall im
ganzen haus!
rennmäuse ihr bösen bösen rennmäuse!!!!!

„Du kannst schon ziemlich gut lesen und schreiben, Sam", sagte Anastasia mit schwacher Stimme. „Und tippen", fügte sie noch hinzu.

„Ich kann nur hoffen, daß es nicht das bedeutet, was ich befürchte", sagte Frau Krupnik mit zornbebender Stimme.

Sam lutschte verzweifelt am Daumen.

„Na ja", begann Anastasia verlegen, „in gewisser Weise schon ..."

„Was soll das heißen: ‚in gewisser Weise'? Hast du inzwischen elf Mäuse oder nicht?"

„Hm", flüsterte Anastasia, „es sind tatsächlich elf."

„UND LAUFEN DIESE ELF MÄUSE IN MEINEM HAUS HERUM ODER NICHT?"

„Nein", sagte Anastasia, „wirklich nicht. Ich meine, nicht mehr. Wir haben sie alle wieder eingefangen."

„Aber sie liefen im Haus herum? Sie liefen frei im Haus herum, und kein Mensch hat es mir gesagt!?"

„Das stimmt", mußte Anastasia zugeben.

„Sie werden auf der Stelle verschwinden. Ist das klar? Auf der Stelle!"

„Mami, ich zerbreche mir seit Wochen den Kopf darüber, wie ich sie loswerden könnte. Allerdings auf eine Art, die mir keine Scherereien mit dem Tierschutzverein einbringt!"

Sam nahm den Daumen aus dem Mund. Er blickte auf. „Hey, ich weiß etwas", sagte er.

„Und was?" fragte seine Mutter.

Sam grinste verschmitzt. „Wir schicken Nicky Coletti ein kleines Päckchen", sagte er.

„Wie schrecklich", sagte Frau Krupnik. „Wie kann man nur so etwas Niederträchtiges, Hinterhältiges, Schreckliches tun? Gib mir mal den Klebestreifen rüber, Anastasia."

Sie klebte die letzte Lasche des Geschenkpapiers über den Mäusekäfig.

„Hier noch die Karte mit den Genesungswünschen", sagte Anastasia. Sie klebten die Karte auf den hübsch verpackten Käfig.

„Fertig, Paps", sagte Anastasia.

Dr. Krupnik nahm das Päckchen unter den Arm und ging zur Haustür. „Glaubt mir", sagte er zum Abschied, „ich würde so etwas Verwerfliches niemals tun, wenn diese schreckliche Göre mir nicht die erste Seite aus meiner Erstausgabe von Hemingway herausgerissen hätte."

„Tschüs, ihr süßen kleinen Rennmäuse", rief Sam von der Türschwelle, als sein Vater davonfuhr.

„Ich hoffe, sie werden sich in ihrem neuen Heim wohl fühlen", sagte Frau Krupnik. „In dem modernen, pflegeleichten Fertighaus mit den wundervollen Teppichböden."

„Frau Coletti kann sie notfalls mit ihrem tollen Avon-Duft besprühen", sagte Anastasia. „Du hattest recht, Mama, Mäuse stinken tatsächlich."

„Irgendwie habe ich ein schlechtes Gewissen", gestand ihre Mutter. „Ich werde von Schuldgefühlen geplagt."

„Wenn du willst", schlug Anastasia vor, „kann ich dir einen Therapeuten besorgen."

„Freud?" fragte ihre Mutter.

„Er hat nichts dagegen, wenn man ihn Sigmund nennt."

„Ich dachte, du brauchst ihn noch."

„Bis neulich schon. Aber meine Probleme haben sich plötzlich in Luft aufgelöst. Das größte Problem waren die Rennmäuse, und die bin ich jetzt los. Und ich kann dich und Papa auch wieder leiden. Ich glaube, meine Hormone haben sich auch in Luft aufgelöst."

„Und was ist mit deinem Forschungsprojekt?" fragte ihre Mutter.

Anastasia seufzte. „Das war freiwillig. Ich habe beschlossen, nicht mitzumachen."

„Herzchen, ein kleiner Pluspunkt in Naturwissenschaften würde dir nicht schaden. Du stehst auf einer Drei", gab ihre Mutter zu bedenken.

Anastasia überlegte. Ihre Drei in Naturwissenschaften war ihr eigentlich egal. Aber ihren Eltern nicht, das wußte sie. Jetzt, wo sie ihre Eltern wieder ganz okay fand, da sie nicht mehr komisch waren, wollte sie ihnen gern einen Gefallen tun. Und es gab eine Möglichkeit, obwohl diese ihr nicht sehr behagte.

„Mami", sagte sie und schnitt eine Grimasse. „Ich habe noch drei Wochen Zeit. Wenn du mir hilfst, könnte ich vielleicht noch ein Poster über den Lebenszyklus der Frösche zeichnen."

„Klar, ich helfe dir gern."

„Aber was ist, wenn die anderen in der Klasse mich auslachen? Und glaubst du, daß ich – falls sie mich auslachen – reif genug bin, es cool wegzustecken?"

Ihre Mutter zuckte lächelnd mit den Schultern. „Anastasia", sagte sie, „frag doch einfach deinen Therapeuten!"

Lois Lowry wurde 1937 in Honolulu auf Hawaii geboren. Sie hat in Pennsylvania und Japan gelebt und wohnt heute in Boston. Lois Lowry ist verheiratet und hat vier mittlerweile erwachsene Kinder. Ihr Roman *Hüter der Erinnerung* (Loewe 1994) wurde 1994 mit der *John Newbery Medal*, dem wichtigsten amerikanischen Jugendbuchpreis, ausgezeichnet.